锺叔河

1931 年生，湖南平江人。著名学者、散文家、出版家。1994 年获第三届韬奋出版奖。策划出版的《走向世界丛书》轰动出版界和学术界，编辑出版的《知堂书话》是新中国成立后第一本署名周作人的新书。出版著作有《走向世界——近代中国知识分子考察西方的历史》《从东方到西方》《小西门集》《笼中鸟集》《念楼集》《念楼学短》《学其短》等。主持出版《走向世界丛书》《曾国藩全集》和《周作人散文全集》等。

念楼话书

钟叔河 著
朱航满 编

黄山书社

图书在版编目（CIP）数据

念楼话书 / 锺叔河著. -- 合肥：黄山书社，2022.12
（松下文丛 / 朱航满主编）
ISBN 978-7-5737-0617-1

Ⅰ. ①念… Ⅱ. ①锺… Ⅲ. ①随笔—作品集—中国—当代 Ⅳ. ①I267.1

中国版本图书馆CIP数据核字（2022）第251959号

念楼话书 锺叔河 著
NIANLOU HUASHU

出品人 贾兴权
丛书主编 朱航满
责任编辑 张月阳
责任印制 李 磊
装帧设计 有品堂_刘 俊 张俊香
出版发行 黄山书社（http://www.hspress.cn）
地址邮编 安徽省合肥市蜀山区翡翠路 1118 号出版传媒广场 7 层 230071
印 刷 安徽联众印刷有限公司
版 次 2023 年 3 月第 1 版
印 次 2023 年 3 月第 1 次印刷
开 本 880mm × 1230mm 1/32
字 数 200 千字
印 张 10.5
书 号 ISBN 978-7-5737-0617-1
定 价 68.00 元

服务热线 0551-63533706
销售热线 0551-63533761
官方直营书店（https://hsss.tmall.com）

目录

辑一　书人书事

辑二 “走向世界”及其他

辑三　周作人的书

辑四　谈书一束

小引

本来在出版社做编辑，虽说在一行怨一行，毕竟是在和书打交道。离休后为了排遣寂寞，有时写点小文章，最后仍然都要变成书。但是，为了应酬或奉命而评书作序，这样的事情我却很少做过。一本书总得在读了以后，思想上有了触动，情绪上受了感染，有话要说，才能动笔。亲朋好友的书和陌生作者的书，自己买来的书和好心惠赠的书，这时都处于平等的地位。凡是送来就是为了要得到一篇书评或是序文的，因为实在没有把握能够完成任务，通常便只能歉疚地说对不起了。

这次谭宗远君受人之托，要从我过去印行的集子里选出“话书”之文编成一册。卖文的人，有人要买，自然愿意。选目和编辑的工作，都是谭君所做，书名也是他拟的。

（二〇〇四年七月）

〔附记〕《念楼话书》由谭君编成交祝君后，亦未能出版。原来准备收的文章，后来都已收入《念楼序跋》出版了。

（二〇一三年十二月）

〔补记〕以上小引和附记，原刊二〇一四年《左右左》书前，交代了这册《念楼话书》的本事，它早已成为往事了。不料朱航满君于八年之后，又来“死马当作活马医”，想将这本书仍然做出来。作为马的主人，对此自然同意，但年迈衰朽的我，去年八月中风，虽然侥幸不死，左肢却已全瘫，只能仰赖朱君，觍然坐享其成了。

（二〇二二年五月二十日，锺叔河记于长沙城北之念楼，时年九十一岁）

辑一

书人书事

念楼自述

我的籍贯是湖南平江，却只在七至十五岁在那里住过。其馀的时间，除去九年劳改以外，都可算是长沙人，也很少离开过长沙。因为从小怯弱，不爱热闹，所以怕旅行，也怕开会，连北京都只去过四回。既未读遍万卷书，更未行经万里路，浅薄孤陋，自然难免。

我的职业是做编辑，这乃是一九四九年八月间自找的，时年一十八岁。从一九五七年到一九七九年中断了二十二年，后又重理旧业，一直做到“离职休养”时为止。但编辑也并没能做好，未能做到各方面满意。一是从一九八〇年起策划出版《曾国藩全集》，为此大受批评，说我“偏爱汉奸”，质问“如此家书有何益”；后来风向一变，曾国藩忽然吃香，出书大受表扬，却与我无关了。二是一九八七年决定印行周作人自编文集，印出十多种后成了所谓“出版三种人”之一，还有两“人”是

《查泰莱夫人的情人》和《丑陋的中国人》，前者也与我有关。终于在八十年代末“落选”，干不下去了。

写点小文章，在我只是业馀遣兴，自然也只是业馀水平。别人跳舞、钓鱼、练气功、搓麻将，我都不会，只好随便看点书，写点小文，以消闲暇。离休以后，年老神倦，卧读时居多，厚重的本子实在搬不动，所看的多半是自家书架上的零碎小书。故近几年来，只给上海、北京等地的报纸副刊写写读前人短文的札记，如果有出版社要印，便印他一本，印成的有《偶然集》《念楼集》《天窗集》《青灯集》《学其短》《念楼学短》等。

念楼是我现在的住处。为何要取这么个“室名”呢？《念楼集》的自序中说过：“念便是廿，念楼便是我所住的二十楼。”这二十楼所属的院子，对外的门牌此刻是“营盘东路四十六号”。

（二〇〇五年三月）

卖书人和读书人

读书人不能不买书，买书即不能不和卖书人打交道。读书人和卖书人的关系，由来久矣。

卖书之为业，不知始于何时。《书经》说殷之先人“有典有册”，那是放在机要室里的东西，普通人无从得读，更无从得而卖之。直至天下合久必分，王纲解纽，春秋战国时有了不吃王粮的读书人，才有了属于个人的书。不过当时写在竹木片上用孔夫子翻断过的那种皮条穿成的书，大概还没有成为商品进入市场。惠施“其书五车”，苏秦“陈箧数十”，书的字数当以万计，恐怕也是本人最多加上几个门徒“书之竹帛”而成的吧。

及揣摩既成，读书人做了官，位尊而多金了，如果还要读书，才有可能命人或雇人来传写，雇来的便是所谓“佣书”。“佣书”能出卖的只有自己的劳力，比起后世《清明上河图》中书坊里的卖书人，收入恐怕相差甚远，亦犹我这个领月薪的编辑匠之于黄泥街书老板焉。

最早的书市见于《三辅黄图》，王莽谦恭下士时，长安太学规模颇大，附近有个“槐市”，“诸生朔望会此市，各持其郡所出货物及经书传记，笙磬乐器，相与买卖”，情形简直同美国大学校园里的 street fair 差不多。可见学生下海，古已有之，这也是王莽为了坐上金銮殿而着意营造的“文化繁荣”之一小小侧影。

还是纸的逐步改进和利用，才促成了书的普及和专业卖书人的出现。《后汉书》记载，王充“家贫无书，常游洛阳市肆，阅所卖书，一见辄能诵忆”。家贫无钱买书，偏能过目不忘，来到洛阳书市，专门只看不买，王充这位读书人也够精的了。洛阳卖书人的服务态度也真好，允许王充尽量揩油，如果没有他们行方便，《论衡》也许就写不成这样好。可惜范蔚宗没有记下一两位卖书人的姓名，不然奉之为书店业祖师，岂不比铁匠行崇奉太上老君合适得多吗？

唐时开始雕版印书，至宋而刻印大行，书业更盛。宋本《朱庆馀诗集》末页末行文云：“临安府睦亲坊陈宅经籍铺印。”这位陈姓卖书人，已是编辑、印刷、发行三合一，开近代“商务”“中华”之先河了。下至明清，仍然如此。《儒林外史》第十三回，写蘧公孙到文海楼书坊，拜访书坊请来编书的马二先生。马二先生食宿均由坊中招待，两个月编选成一部书，得了一百两银子，付了采红的身价，平息了一场官司，还剩有银子去游西湖，稿酬似比今为丰。又看第十八回，文瀚楼主人同匡超人谈话，不仅于编印发行十分内行，对读者和作（编）者也是熟悉而有办法的。

我想，卖书人以书为生计，自不能不以读书人为衣食父母（今称上帝，则比父母更尊矣）；而读书人若真以书为性命，亦当视卖书人如救苦救难观世音。联结二者的纽带就是书，只要彼此都喜欢书，看重书，熟悉书，自然同声相应，同气相求，共存共荣，融洽无间。只怕身在书界，而心不在焉，对于书和读书人一概漠然，即使没穿“烦着哪，别理我”的文化衫，脸上却明摆着那样一副神气，则虽焚香顶礼，亦不得灵验矣。

（一九九五年八月）

我的第一位老师*

因为抗战逃难的关系，我到十一岁才进学校；但很早我就自己开始看书了，图书便是我最早的老师，我记得的第一位老师是《列那狐》。

那时我大约五岁，已经通过“看图识字”认识不少字了。“牛”字旁边画着一条牛（印象最深的是这条牛身上一块白一块黑，和我所见的黄牛大不相同），“食”字旁边一碗米饭一双竹筷，但这单调的“看图识字”，我已经不想再看了。

连生表哥比我要大十多岁，他看的《天雨花》我一点也看不懂。可是真应该感激他，不知道从哪里给我找来了一本开明书店出版、郑振铎翻译的《列那狐》。一打开那灰绿色的封面，洁白的洋纸上印着的精致而又生动的钢笔画，立刻深深地将我

---

* 前此曾写过一篇《列那狐》。

吸引了。

五十多年后的今天，我还清清楚楚地记得，穿着教堂神父长袍的列那狐，小帽旁伸出一双尖尖的毛耳朵，正在一面教它的兔子学生们拼音："克里独！克里独！"一面伸出爪子去抓一只胖胖的小兔子的咽喉。其他的小兔则吓得缩起脖颈，恭恭敬敬地捧着大大的课本，眼睛却睁得圆圆的，从书页后面紧张注视着这位狐狸老师……

我的心和全身都紧张起来了，仿佛自己也站在诚惶诚恐的小兔子中间，成了它们中的一个。这种紧张，是多么的新鲜，多么的有趣啊！

这本书中的字，我顶多认得一半，可是这又有什么关系呢？我一遍又一遍地看着书上的图画，同时半懂不懂地看着书中的文字。

列那狐跟狼打架，先让婶母把橄榄油擦在自己头上和身上。"橄榄"二字我不认识，去问连生表哥，才知道原来是那种咸不咸甜不甜一点也不好吃的干果，还被表哥奚落了一顿。字虽然认识了，我还是不明白，打架为什么要擦油？干巴巴的橄榄又怎能榨出油来？再去问表哥吗，那可不敢，在他答不出来的时候，他会把书抢走说："看不懂就莫看，真讨嫌！"那时候，当然我不会知道油橄榄和"青果"的区别，更不会知道拳击手在出台前曾经要涂油——听说现在的健美运动员也还是这样的。

于是，我只好半懂不懂地看下去，有的地方慢慢地也就看懂了。有的当时自以为懂了的，其实倒是错了，而且错得很滑稽。列那狐在打架中使出绝招，猛击狼的睾丸。“丸”字我早认识，是从咳嗽时给我吃的橘红丸纸盒上认识的。橘红丸很好吃，有桂圆大一颗。可睾丸是什么东西呢？冥思苦想了好久，我才恍然大悟，一定是眼珠子啰。平日大人告诫我不准打架，“打坏了眼珠，眼睛就瞎了”。前几天，汪小小拂了我的眼珠一下，不是痛得我眼泪水直流吗，痛了还不敢告诉大人。那么，一定是眼珠子了，不会错。不然的话，怎么一碰那宝贝，狼就痛得大叫，成了列那狐的手下败将呢？

就这样，列那狐把我引进了书的世界，文学的世界。

在这前后，我也曾看过别的有插图的书。孔融让梨，陆绩怀橘，是大人们常让我看的。我也曾想过应该学着做，可是却很少有机会。家里买了梨和橘，总是由大人来分，而且总是把最大的分给我。其时我便只想到吃，没想到要让了；实在也无人可让，哥哥姐姐都出去读书去了。丰子恺的《护生画集》，牛妈妈被牵去杀，牛娃娃眼泪大颗大颗地滴着，也曾使我难过，我想我决不应该杀牛。只有这件事情倒是真的做到了，几十年来我不仅没杀过牛，而且连鸡鸭都没有杀过，也根本不会杀。但是牛羊猪鸡鸭鹅这些肉，有得吃时我还是吃的，而且吃了也并不后悔。因为送《护生画集》给我的汪先生，他家就天天买肉，他家小小也常吃五香牛肉干的。

列那狐很狡猾，常常干坏事，还想方设法逃过惩罚。我却从来没有想到过它是好还是坏这个问题，正如我没有想到过燕子和麻雀是好还是坏，天上的云和风是好还是坏一样。我只知道列那狐是一个有趣的家伙，是一只能使我兴奋和快乐的小野兽；而我却并不是野兽，只不过是一个小孩罢了。列那狐是我在书的森林里游戏时的同伴，它是好是坏都与我无关，我也没有必要在大人们不断对我施加教训的时候，再去从森林中的它那里接受更多的教训。

当然，这些都是五十多年前的事了。今天的小朋友自然比我小时幸运得多，到时候就会上学，学校里有老师，家庭里还有爸爸妈妈，都在关心着他们读书，而可读的好书又是这样的多。随时随地都有人给小朋友以指导，什么是对的，什么是错的，谁是好的，谁是坏的。这当然是今天的小孩子的幸运。但是，我想，一个人最好还是从小孩时起就能够自由地发展自己的头脑和自己的心，培养自己的思想，这才能在长大成人后真正懂得世界上的事物和生活，而这是不能由老师和爸爸妈妈代为做主的。

至于我，我在羡慕今天小朋友的同时，还是忘不了我小时候的第一位老师——列那狐。如果没有它，我也许比现在还要平庸，还要少读许多书。虽然我早已老迈，仍然只是个平庸的人，也并没有真正读懂几本书；但如果要我更加平庸，更不懂得读书，更不懂得世界上的事物和生活，我毕竟是不能甘心的。

（一九九六年十一月）

油印的回忆

电脑打印越来越方便，“传统的”油印已经被淘汰，偶尔走进文具店，再也见不到油印机、誊写钢版和三角牌蜡纸一类东西了。

五六十年前，这些东西在偏僻山区还是难得的器材。高小的女老师教唱《万溶江》，到二十多里外的中学去借油印机，当她将毛边纸上用蓝油墨印成的带简谱的歌词散发给我们时，那高兴的面容在回想中还浮现在我眼前。

进初中在一九四二年，教导处有部油印机，某次开运动会，几位年轻先生带着几个喜欢在壁报上出风头的学生，想油印出一份特刊，我还自告奋勇去推滚筒。可是教导主任硬是不准，说是土纸虽然不缺，油墨却难买到。本来嘛，那时正值抗战紧张，一切工业制品极为匮乏，夜间自习也只能两人合用一挂茶油灯（在平江当时茶油比桐油便宜），竹灯座，瓦灯盏，草灯芯。

油印品也有非常精致的。有位国文先生刚从蓝田国师（《围城》中三闾大学的原型）毕业，带有一部默存先生尊翁教授文学史的讲义，比二号铅字还大的工楷直行，用深褐色印在米黄色的竹制纸上，装订成宽幅的线装本。它在我幼稚的心中引起了一种近乎神圣的感觉，哪一天能读得这样的书就好了。后来见到某北欧画家的自画传，童年的传主站在厕所坐板前，注视着板上开出的一排大小距离不同的便孔，自言自语："何时才能坐上这最大的孔？"我当时的心情也差不多。

先父其时年过七十，他告诉我，光绪末年他从东洋考察回来教书，也油印过讲义。一切器材都是从日本买来的，管理教材的人不知使用，故须亲自动手。他说，日本人常用毛笔蘸上专用的写液，在蜡纸上写字或画图，装上油印机便可以印了。这种毛笔写绘成的油印品，不知有老先生看见过没有，我是没有见过。

不记得是曾纪泽还是薛福成的日记里，有他在伦敦用"糖印法"印文稿的记载，此"糖印"是否即油印，疑莫能明。如果照先父所言，则油印技术系十九世纪末从日本传入中国的。但成书于南宋初年的《春渚纪闻》卷二有《毕渐赵谂》一则，云毕渐考取状元，赵谂居第二，"都人急于传报，以蜡版刻印，渐字所模，点水不着墨，传者厉声呼云：'状元毕斩，第二名赵谂。'识者皆云不祥。"这至少也是道君皇帝时的事，历史不可谓不悠久了。不过这"渐"字印成了"斩"字的"蜡版"，和近代工艺技术造成的蜡纸恐怕不是一回事。

百年前的新技艺，如今已成陈迹，文明的嬗变也真快，不都是经过油印这类琐屑事物的兴替显示出来的吗？但愿研究物质文明史的专家们能多告诉我们一些这类事情，胜于空洞的大道理多矣。

关于油印，经常忆及的还有两件事。一是一九五七年失业后一度想以刻钢版维生，但我的字一直写不好，别人一张蜡纸八角九角，我则只能挣六毛七毛，终于不得不舍此他图。二是解放前夕搞学生运动，颇做过些刻印传单的工作，几个同学在夜里偷摸摸地搞，既紧张，又兴奋。现在垂垂老矣，对年轻人在一些事情上表现出来的热情，自以为还能给以同情和理解者，无他，不过因为蜡烛光下瞎忙乎的记忆未能泯灭干净而已。

（一九九八年一月）

学《诗》的经过

子曰：小子何莫学夫《诗》。《诗》，可以兴，可以观，可以群，可以怨，迩之事父，远之事君，多识于鸟兽草木之名。

《论语·阳货》这一节，是孔子对《诗》的评价，也是孔子对“小子”们的期待。作为“小子”的我，对之却只有惭愧。

“七七”抗战军兴打破了在长沙进小学的梦，六岁的我被送回湘北山村老家。方圆十馀里内，只有教《三字经》和《包举杂字》的村学，读书人家不会送子弟去。于是耽搁些时后，便让我到同时避难在乡的李洞庭先生家去学《诗》。

李先生的诗文都有名，当过何键的秘书，解放后被聘为文史研究馆员，可称名师，但他却确实未能引起我学《诗》的兴趣。本来我从小便对鸟兽草木的事情好奇，他却连“关关雎鸠”

是什么鸟都不说，只大讲其“后妃之德”，这岂是连男女之别都搞不清的幼童所能了解的呢？一味地要求死记硬背，更使我产生反感，觉得什么“窈窕淑女，君子好逑”，还不如看牛伢子唱的“人之初，摸泥鳅；性本善，捉黄鳝；狗不叫，打起叫”有趣。

李先生是进过“优级师范”的老秀才，更可能是碍着和我家的“世谊”，并不打学生。为了拉住我不去跟看牛伢子玩，他真费了不少心，“君子恶居下流”不知对我说过多少遍，但终于还是“孺子不可教也”，便对父亲说，“世兄聪明有馀，沉潜不足，还是以送进学堂略加拘束为好”，叫我不要再去了。学《诗》学了小半年，匆匆点完《国风》，《小雅》只开了一个头，便告结束了。

既为名师所弃，又有长辈管着，无法去从牧牛儿游，只好每天若干时坐进自家书房“用功”。我究竟也还不是那样地不可教，从长沙带回来的读本和课外书，有些还是愿意读的。当“鸡兔同笼”把我搞得头昏脑涨时，有时也拿起堆在旁边方桌上的《毛诗》诵读几页，作为调剂。没有李先生那口巴陵话在耳旁灌着，自己读起来还顺口些，渐渐居然有了些兴趣。

《豳风·七月》八章，章十一句，篇幅最长，我却最常读它，最早能够背诵。这却全不是由于督责，而是它的音调铿锵，节奏明快，读来似乎有种快感，故并不觉苦。“四月秀葽，五月鸣蜩，八月其获，十月陨萚”，和当时农村生活还相仿佛。“昼尔于茅，宵尔索绹”，与冬日所见农民白天上山，砍了茅草捆起一担担挑回来，晚上在堂屋里用松光照明，将茅草搀稻草搓成绳索或编成草鞋，情形更是一模一样。“绹”，郑笺云，绞也，平江话则只指用绳索系牛羊。古今语演变小孩不能究其异，却能识其同，亦足以满足好奇心。尤其是“五月斯螽动股，六月莎鸡振羽，七月在野，八月在宇，九月在户，十月蟋蟀入我床下”这几句，一步一步越来越近，颇有动感。而旧家墙外便是田野，蚱蜢子踢腿纺织娘扇翅膀，是捉在手里见惯了的。七月秋风起后到草丛中抓蟋蟀，再冷则野外渐难寻觅，“灶趋趋”接着便在屋里登场了。这些都是乡下儿童游戏的重要内容，《七月》写的正是这活生生的情景，一旦明白了，自然觉得亲切。还有“十月获稻，为此春酒”，读到这儿往往便会想起年头各家各户“办春酒”的情形，这在平江乡下是极普遍的习俗，沦陷时期亦是如此。平常主要以红薯充食的人家，到春月也要杀一只鸡，砍几斤肉，弄一尾鱼，加上豆腐百叶干菌干笋，当然更少不了自家蒸的谷酒，邀亲邻聚一餐。今天你请我，明天我请你，等于集体改善十天半个月的伙食，补充一点长年作苦的体力。我虽出旧家，亦早成寒素，大鱼大肉等闲不容易吃到，这时便可代表不在家的父兄列席去大嚼几回，迄今思之犹有馀味，八九岁时当然更不禁口水满腔。

如果这也算是在无师以后继续学《诗》的话，学到流口水想吃酒炒鸡的程度，真可谓无出息了。但说也奇怪，倒是这样“学”过的若干篇，至今却还有印象，甚至记得。

十一岁入学后，国文课一直没有教《诗》，自学也没再学它。

直到成年做事开始领薪水，自己买书买了部《四部备要》，中有“据相台岳氏家塾本校刊”的《毛诗》，字大悦目，有时才又读一读，亦不外《蒹葭》《兔爰》《黍离》《风雨》《七月》《无羊》《谷风》这几篇，基本上还是在原来熟悉的圈子里。目的亦只在追求主观的感受，毛传郑笺从来不看，《备要》别本《注疏》七十卷和《传笺通释》三十二卷，更懒得去翻。严格说来这当然更不能算“学”，只是随便看看罢了。

我以为，对于我辈非学者的普通人，老祖宗传下的古典这份遗产，其实际的价值本只有两点，一是欣赏，二是寄托。欣赏不限于自家的东西，外国的也是一样，也许因为新奇，还更觉可喜，这和“老婆别人的好”同是一理。寄托其实也差不多，希腊先贤即是孔孟诸子，尼罗便等于秦皇帝，人情物理固无分古今中外也。不过我们究竟不懂希腊拉丁文，即英法语亦难通晓，“风雨凄凄”这类句子却能望文生义，至少四个字总还认得，故于本国的古典占有优先享受的权利。不能或不愿欣赏古典固然不会妨碍做国民，国民要能欣赏古典亦须具备一起码的条件，这就是觉悟（即自觉和悟性），而研究能力无预焉。拿《郑风·风雨》三章来做例子，“风雨凄凄”“风雨潇潇”“风雨如晦”的自然现象谁都见过，却只有孤独寂寞的人这时才会特别希冀感情的慰藉，写出这种希冀便成了诗，它的力量是超时空的，故能于千载而后引起我们的共鸣，这就和《诗序》所云“乱世则思君子不改其度”一点不相干了。好端端的文学作品，偏给加上教化的意义，历来的诗教便是如此，我所厌烦的也在于此。

后来读周作人《郝氏说〈诗〉》，得见郝夫人王照圆瑞玉对《风雨》三章的解说：

《风雨》，瑞玉曰，思故人也。风雨荒寒，鸡声嘈杂，怀人此时尤切。或亦夫妇之辞。

首章注又曰：

寒雨荒鸡，无聊甚矣。此时得见君子，云何而忧不平？故人未必冒雨来，设辞尔。

这些注解我觉得比毛传郑笺孔疏朱注都要好，好就好在只将“君子”看成故人或爱人，反正是生活中的普通人，“风雨”也只是烘托创作气氛的“设辞”，别无象征乱世的微言大义，看似平淡无奇，却全合人情物理，不以意识形态为准则，故最难得，亦深得我心也。这是不是在学《诗》呢，我不知道。不过在感谢郝氏之馀，又悟到历史上正统经师之外各家关于诗学的论说，其实也可以看看，如郝懿行王照圆夫妇的见解，若无周作人为之发扬，我便不会知道了。周氏还在《读〈风〉臆补》文中叙述他学《诗》之效道：

不佞小时候读《诗经》，苦不能多背诵了解，但读到这几篇如《王风》“彼黍离离”和“中谷有蓷”“有兔爰爰”，

《唐风》“山有枢”，《桧风》“隰有苌楚”，辄不禁愀然不乐。同时亦读唐诗，却少此种感觉，唯“垂死病中惊坐起”及“毋使蛟龙得”各章尚稍记得，但也只是友朋离别之情深耳，并不令人起身世之感如《国风》诸篇也。兴观群怨未知何属，而起人感触则是事实，此殆可以说是学《诗》之效乎？

拿周氏的这些体会来和自己比，岂止上下床之分，简直有天渊之别，这也就是他博览群书广涉诸家的结果（像《郝氏说〈诗〉》这样的文章，他就写过多篇）。我们当然无法像他读得那样多书，但能有他写的这样文章读读，或可聊补于万一乎，非所敢望矣。

爱因斯坦通俗著作《狭义相对论和广义相对论浅说》的自序中说，他想将书写得尽量浅一些，使没学过高等数学、高等物理学的人看得懂，故将读者层次设定为“具有接受高等学校入学考试的程度”。我的学《诗》，是否“具有接受高等学校入学考试的程度”呢？自己的答案只能是否。本来我是中学还没有毕业的，以此种程度来说《诗》，当然没有资格，但说说自己学《诗》的经过总是可以的。碰巧戴维君来索序，说无论写什么都随便（当然不可犯禁），便写了这一篇。

（二〇〇一年十一月）

老社长

南下干部进城，写信写通知，往往随便找张纸，写好后先折成一指宽，再叠成方胜状，写上收件人名和地址。一九四九年八月三十一日下午，我拿着往报社去报到的，便是这样一封介绍信，外面写的是：

经武路二六一号李朱社长

李朱连写，如“林罗”“刘邓”，乃是解放区解放军带来的风气，我则初见，所以到了传达室，便说：

“找李朱社长。”

“李社长还是朱社长？”

这才知道“李朱”原是二人。

经武路是民国初年在原城墙基址上修成的一条马路，现已拓宽成了芙蓉路的一部分。二六一号原为国民党新一军军长潘裕昆的公馆，还记得二楼大厅门首，木板上刻着的联语是：

门有骅骝开道路；
座看鹰隼出风尘。

当学生时从这座新建的红砖洋房前面走过几回，见有卫兵站岗，很是气派。（经过风雨苍黄五十年，如今比起我自己滥厕其中的老干楼，它就大为逊色了。）当天在门房中接待我的，已是身穿解放军装的传达同志。他领我去见朱九思社长，朱即叫我跟 B、L 两位记者一同下乡采访，第二天便出发。

李社长就是李锐，当天并未见到。

下乡也就是去几十里外的榔梨市，后来又到了望城坡，两月后便回报社了。一回来才知道，那时候的李社长，真可说是整个《新湖南报》的重心和中心，牢牢地吸引着大家的注意。报社里几乎每天都有人讲起他，无例外用的都是欣羡的口气。大家讲的故事，其实不过是他每天工作和生活中的一些小事。

比如说，院子里准备搭凉棚，几年后当了社长的 D 负责这件事，几天过去，不见动静。李锐询及，D 说，怎么搭还没考虑好哩。李锐便问：“你自己会搭吗？”“不会。”“那就请会搭凉棚的木匠师傅来考虑嘛。你只会生小孩对不对？小孩倒是会生，也生得蛮好，这该不必请师傅吧。搭凉棚，自己不会，就要请师傅，交给会做的人去做。当个区长，也要懂得领导方法嘛！老D，我看你，当个区长还要费力哩。”

又比如，某次吃饭的时候，易某说当时不在的××“抢菜”，说个没完。那时实行供给制，经武路楼下楼上大厅都作饭堂，八人一桌，另有机动席。李锐吃小灶，但偶尔也在大厅和别人一道吃，听到了这话，便笑道：“你说××吃饭抢菜，他当然是抢菜的。但别人认为你也抢菜呀，××却从来没有在你背后说过你抢菜，这大概就是你和他在抢菜这件事情上的优劣之分吧！”

这些故事，多是事后听来，可能有些走样，越说越走样恐怕也不可避免。但是说者眉飞色舞，听者津津有味，而说者听者当事者都能持认同以至欣赏的态度，这就十分难得。盖一九四九年、一九五〇年间机关的气氛本来如此，而李锐的个人魅力，也是使得大家能够如此的重要原因。他首先是才足以服众，又能将自己置于和员工水乳交融的状态中，故能坦荡直率，以赤子之心相待，使大家毫无反感，即使话说得有点过火，或者出于戏谑，也就都能够善意地接受了。

※

我之所以对李锐产生好感，也是由于事后听说的一件小事。

那是在我下乡期间的事情。下乡一行四人，两“老”两新，先在榔梨市附近搞了个把月，后来一分为二，我跟“老”中之一L到了河西望城坡。在那里，L写了一篇通讯稿寄回报社，我也学着写了一篇。几天后，我那篇便用两个人的名字登出来，在乡下也看到了。回报社后，才知道它的见报经过了一番小小的曲折，情形大致是这样的：

李锐上晚班看大样时，对 L 写的通讯稿不满意（这种情形是常有的），说："题目是好，文章却没写好；撤掉它罢，又舍不得这个题目。"旁边有人见他踌躇，便说："同样题目的稿子，倒还有一篇，是不是用它代替？"李锐要去一看，说："就用这篇，赶快去排。"

这篇就是我写的那一篇。刘音其时还在新干班学习，见到登出的通讯后，高兴地给我写了一封信。这封信我一直保存着，直到一九九九年新干班五十周年纪念开会见面时，才还给了她。

上晚班看稿有什么意见，李锐常用红笔批在大样上，第二天在饭堂里贴出来。听说，关于这件事，李锐批了很长一段话，意思是选用稿件要看文章，不要看作者的名字；老同志的文章未必都好，新同志的文章未必不好，云云。

"文章自己的好，老婆别人的好"，对上半句话我一直表同情，虽为此受过讥讽，仍不想改口。文章除了被迫写的以外，总要自以为弄好了才会拿出来，别人认为好不好是别人的事，能够说好自己当然会高兴，此亦人之常情，用不着矫情或故作不情吧。

在听了这个故事以后，我对李锐便有了一种个人的好感，也就是知己之感。但我却从未为此去问过李锐，更未借此主动去接近他。

李锐在《新湖南报》只有一年多不到两年的时间，便调到省委去了。我只留下一本《毛泽东同志早期在湖南的革命活动》的“送审本”，可说是他的纪念物。这本书只在报社工厂排印了几十本，是“征求意见稿”，牛皮纸封面，大十六开，版心却是小三十二开的。作者在“前记”中写道，上下左右多留空白，是为了让审读者批注；还开列了为写此书采访过的人的名单，其中有我父亲的朋友陈书农（即陈启明，与毛泽东同为新民学会发起人），一九五八年我被逐出报社后便租住在长沙市教育西街十七号他家院子里。书可惜在“文革”中被拿走了，不然倒是李锐著作的“珍本”，大约连他自己也未必还保存得有。

三十年后，我从劳改队平反出来，第一件事是要找回流落到内蒙古达尔罕茂明安联合旗去的女儿。她在那边已结婚生子，一家人弄回来有很大的难度。我作过许多努力，在湖南仍无法解决。为此，已调北京的柳思去找了李锐，之后告诉我：“谈起你，李锐同志还有印象。他说，这完全是反右派斗争和‘文化大革命’造成的问题，应该落实政策嘛。周惠现在在内蒙，我给他打电话，锺叔河这个问题一定要解决，也是他该还的一笔账。你叫锺叔河写份材料来，能来北京的话，也可以到我这里来一趟。”

于是，一九八〇年初，我便由柳思带着，到木樨地“部长楼”重见了阔别三十年的李锐。此时他已调中组部，正管着落实政策方面的工作。原来在报社里，一十八岁的我看三十二岁的他，是后生仰望高明，企慕却无从亲近；如今五十岁的我看六十四岁的他，层次虽仍悬隔，却因同历沧桑俱生白发，可谈的话反而多些了。我正在编辑《走向世界丛书》，郭嵩焘、曾纪泽等人的出国载记都包括在内，这几个湖南人又都是近代思想启蒙的重要角色，关于他们李锐和我都有说不完的话。还是柳思先提起我女儿的事，给周惠的电话便是当着我的面打的，问题因而得到了解决。

※

上面谈到李锐为我做的两件事。批发通讯稿，在他不过是日常工作中一小事（我曾多次见到他批过的大样，四个版上密密麻麻好多字），也许事后很快便忘记了，却给了我做文字工作的一点自信，本来没准备在报社待多久的，这时却打定主意待下来了。至于李朱走后连年挨整，那是在别人手下的事情。为我找回流落到内蒙的小孩，在他也觉得是落实政策应该做的，妻和我却治好了心头深刻的创伤，使彻夜为之不眠、泪水为之湿枕的痛苦得以解除，实在难忘。

我不大能够旅行，二十年中仅到过北京四次，但只要李锐在京，必定要去看望。他到长沙，也总要着人通知我，设法相见，无所不谈，并请我吃过几回饭（我则对不起，没请过他一回），既畅且欢。这时的我，总不免忆及魏武《短歌行》“契阔谈宴，心念旧恩”的句子，诗中表现的这种情感总洋溢在心头，不过嘴上没说出来罢了。

若要评说李锐其人，此时反而好像无从谈起。想来想去，概括得最好的只有朱正寿李锐八十岁的那副对联：

庐山雾瘴巫山雨；
吏部文章水部诗。

吏部和水部都是李锐做过的官。中委、中顾委按理说不是官，地位却更高。作者却不是因为这个官才恭维他，而是因为此吏部有文章，水部有诗。不然的话，历届委员、吏部、水部，名字多得记都记不清，数也数不全，何必提起。至于在省里时当过的社长、部长，则群“道”如毛，更不足数，虽然二十年来我们一直称他“老社长”。在这里还得说句不大恭敬的话，这文章和诗其实也未必写得如何特别好，可贵的是从庐山雾瘴中来，看破并揭穿了这重雾瘴；巫山的雨汇成大水，泛滥成灾，滔滔者天下皆是也，却能挽狂澜于既倒，即使力有未逮，凭这份心志也就算得上中流砥柱了。但对于我这个不贤只能识其小的人来说，特别欣赏的还是诗文中有时捎带的“功劳盖世罪恶滔天”之类教人哭笑不得的警句，正所谓“善戏谑兮，不为虐兮”，于是我心目中的李锐何止可钦，简直可爱矣。

管同有云：“古之所谓三不朽者，首立德，次立功，又其次乃立言。”李锐以研究毛泽东晚年而树立了他学术上的地位，全世界都承认他，历史上也站得住脚，这是为中国和中国人做的大好事，也就是立了德；我却是个不研究政治，尤不喜谈政治的人，于此没资格评论。在事功上，李锐的大贡献是《论三峡工程》；我又不是学工程的，虽然从一九五八年到一九七九年整整画了二十一年工程画，若不如此折腾，真不知会多读好多书，多写好多字，但不过借此挣钱活命，故亦无说话之资格。我所能够感知的，就只剩“又其次”了。

即使在立言方面，我也没有本事像别人那样讲出许多大道理。最为拜倒的文章，却是他最近的一篇“上书”。“上书”为昭明太子所定文体之一，《文选》编为第三十九卷，当然可以算是“言”。尤其是文中那两句“改唐诗”，刻画拼命争宠卖乖、力主大干快上的人，真是淋漓尽致，够得上《长恨歌》原作的大师级水平了。读后不禁莞尔而笑，原来“老社长”尽管风云际会成了政治人物——政治学者，骨子里却依然同我一样，还是个喜欢耍笔杆子的书生，有那么单纯，有那么不怕祸隙，有时候也还有那么一点子顽皮。

六宫粉黛无颜色；
三峡工程有问题。

作得出这样一联无情对，真是够损的了，此其所以为李锐欤，未可知已。

※

对于李锐的妻子和孩子，我的所知却几乎等于零。一九四九年至一九五〇年在经武路，李锐住在楼上的一套夹正房里。我从一九五〇年三月起，即在楼上和楼下饭厅吃饭，在楼上一间正房中做事，每日见到李锐的次数不少。他很得意地从地主家书中发现了“买的买点，占的占点，骗的骗点”这段霸占田产的自白，拿来作土改宣传的好材料，具体的发稿工作便是我做的。他对下属工作上要求极严，语气却不乏幽默诙谐，日常生活也不高高在上，我却没有听他谈过自己的妻子和小孩。

那时范元甄也住在报社，但我极少见到她，偶尔碰面，亦未留下“美人”的印象，更没见过她和小孩在一起。“六指子”（李南央的哥哥）时约四岁，倒常在楼下各处转悠，抱在通讯员手里时居多。有些同事喜欢抚弄他，虎头虎脑很懵懂的样子。我素不喜“呵”小孩，更不喜“巴”领导，所以一次也没有去逗过“六指子”，更不要说小妹妹了。其实李锐和我乃是平江同乡，他的姐姐又是我两个姐姐的体育教师，要套近乎的话，还是有话可说的。

在通讯员和部分南下的女同事中，有时也悄悄传说过“李社长怕老婆”之类的话。这和我心目中李锐的形象联系不起来，偶尔想想，也许是“一物降一物”吧。

李锐调北京后，有次在《人民日报》上看到一篇《大鱼网主义》，署名“孙元范”，我知道是李锐的笔名，“孙元范”

斞个头，不就是“范元甄”么？看来李锐还是很喜欢他老婆的——至少在取笔名和用这笔名写文章那会儿。

后来知道了李锐和范元甄之间的“恩怨情仇”，我的态度是，“清官难断家务事”，也懒得去断。但李南央的文章确实写得不坏，看过以后，我对朱正说：“李锐有后矣！”对一位老人来说，恐怕这就是最大的安慰和最大的奖赏了。

“老社长”今年八十四，最近读到他的新作，自称耄耋，应该说他也真的老了。我今年亦年满七十二，早过了可以称老的线，身体则远不如他，脑出血一两立方厘米的情形已发生过两回，医生说再发就性命难保，很可能先他而去。我又从来怯于旅行，即使不溘先朝露，恐亦难有再相见时。这篇文章早就想写，想写得像样些，便拖了下来；而毛血日益衰，志气日益微，只怕越拖越难得写好，故此次决心应周实之邀匆匆下笔。文章当然还是写不好，意思却是真诚的，刊出后“老社长”自己总会看看，如有错讹，也好纠正。

我为去世的唐荫荪写过《做挽联》，为健在的张志浩写过《卅五年前两首诗》，这回又写了这一篇。真希望还能为在这个世界上曾经存在过和现还存在着的友谊再写点什么，趁彼此都还来得及的时候。

（二〇〇三年六月）

买旧书

鲁迅从百草园到三味书屋，是在光绪年间。湖南三味堂刻魏源《元史新编》，也在光绪年间。一九四八年寒假中某一天，我在南阳街旧书店中随意乱翻，偶尔在书牌上发现了三味堂，从而知道了“三味”乃是一个典故，并非只在绍兴才有用作名字的。寻求这种发现的快乐，便是我从小喜进旧书店的一个理由，虽然那时读不懂现在也读不懂元史。

五十多年前，长沙的旧书店差不多占满了整个一条南阳街。那时习惯将刻本线装书叫作旧书，以别于铅印洋装的新书。学生当然以读新书为主，但有时看看旧书的亦不罕见，教本和讲义也常有线装的。一九四八年冬我正耽读巴金译的克鲁泡特金和罗稷南译的狄更斯，但仍常去旧书店。叶德辉在长沙刻的《四唐人集》十分精美，其中的《李贺歌诗编》尤为我所最爱，却无力购买。有次侥幸碰到了一部也是“长沙叶氏”刻的《双梅影阁丛书》，因为卷首残破，四本的售价只有银圆二角（一碗寒菌面的价钱），便立刻将其买下了。

二十世纪五十年代开头几年，是旧书最不值钱的时候。土改中农民分“胜利果实”，最没有人要的便是地主家的书，只能集中起来用人力车或木船送到长沙城里卖给纸厂做原料。街头小贩担头挂一本线装书，一页页撕下来给顾客包油条或葱油粑粑，成了早晨出门习见的风景。这真是有心人搜求旧书的大好时机，可惜我那时正因为爱看旧书不积极学习猴子变人受批评，年年鉴定都背上一个大包袱，正所谓有这个贼心没这个贼胆，眼睁睁错过了机会。

一九五七年后被赶出报社“自谋生活”，反而又有了逛旧书店的“自由”，当然这得在干完劳动挣得日食之后。这时的古旧书店，经过“全行业改造”，已经成为新华书店下属的门市部，全长沙市只剩下黄兴南路一处，而且线装刻本是一年比一年少了。但民国时期以至晚清的石印、铅印本还相当多，我所读的胡适和周作人的书，便差不多全是从这里的架子上找得的，平均人民币二角到三角钱一本。我初到街道工厂拖板车时，月工资只有二十八元，一家数口，拿出两三角钱并不容易。后来学会了绘图做模型，收入逐步增加，两元四角钱十本的《四部丛刊》连史纸本《高太史大全集》才能买得。

最值得一说的是“民国二十五年八月初版”的饶述一译《查泰莱夫人的情人》。时为一九六一年秋天，正在“苦日子”里。当我在古旧书店架上发现了这本久闻其名的书时，却被旁边另一位顾客先伸手拿着。一时急中生智， 也顾不得许多，便一把从他手中将书夺了过来。他勃然变色，欲和我理论，我却以和颜悦色对之曰：“莫急，莫急，我只拿这本书问一个小小的问题。”一面迅速走向柜台向店员道：

“你们收购旧书，不看证件的么？”

“怎么不看，大人凭工作证，居民凭户口本，学生凭学生证。”（其实店堂里贴有告示，乃是明知故问。）

“学生怎么能拿书来卖，还不是偷了自己家里的书。这本书便是我儿子偷出来卖的，我要收回。”

“这不行。对店里有意见可以提，书不能带走。”

“好罢，意见请你向店领导转达。这本书就按你们的标价，一块钱，由我买回去，算是没有教育儿子的报应好了，不过你们也确实不该收购小学生拿出来的书，是吗？”

店员原以为我要强行拿走书，作好了应战的准备；结果却是我按标价买走这本书，店里无丝毫损失，自然毫无异议表示赞成，立刻收款开发票，《查泰莱夫人的情人》便属于我了。

先伸手拿书的那位顾客站在一旁，居然未插一言（也许他本来无意购买，只是随便看看；也许他比我还穷，口袋里连一块钱也拿不出来），到这时便废然离去了。

这件事我一直在友人中夸口，以为是自己买旧书的一次奇遇和“战绩”。二十多年之后，我在岳麓书社工作时，因为岳麓是古籍出版社不便重印译本，便将此书拿给湖南人民出版社去出（索要的“报酬”是给我一百本书送人），结果酿成滔天大祸，连累人家受处分。有位从旁听过我夸口的老同事，便写材料举报我，标题是“如此总编辑，如此巧取豪夺的专家”，以为可以把我推到枪口上去，结果却失算了。因为《查泰莱夫人的情人》毕竟是公认的世界文学名著，并非淫秽读物，出版社错只错在“不听招呼”，扩大了发行范围。而买书时的我也不过是街道工厂一搬运工，并非甚么总编辑和专家，“巧取”则有之，“豪夺”则根本谈不上也。

如今我仍然不是甚么专家，总编辑更早就被选掉了，不过旧书有时还是要去看一看，翻一翻的。古旧书店早已名存实亡，古旧书便散到了清水塘、宝南街等处的地摊上。二十多年来陆续翻得的，有《梅欧阁诗录》，是张謇在南通开更俗剧场，建梅欧阁，请梅兰芳欧阳予倩前往演出的纪念诗集，线装白棉纸本，卷首有照片十九帧，非卖品，以一元五角购得。有《杜氏家祠落成纪念册》，是民国二十年杜月笙在浦东高桥修家祠举行盛大庆典时，由上海中国仿古印书局承印，赠给来宾作纪念的，线装上下二册，由杨度编辑（名义是“文书处主任”），章士钊为作后记（题作《杜祠观礼记》），有蒋中正、于右任等多人题词，价三元。还有一册“光绪十一年乙酉八月刊刻”的《杨忠愍公集》，我为张宜人“请代夫死”的奏疏感动，以为这是从另一角度对专制政治残酷黑暗的揭露，花二元四角钱买了下来。本亦只以普通旧书视之，可是今年五月十三日报纸上登出了准备申报《世界记忆名录》的“首批中国档案文献遗产名单”，上列第十项“明代谏臣杨继盛遗书及后人题词”，正是区区此本。虽然那该是真迹，此只是刻本，但一百一十八年前的刻本，在今天也弥足珍贵了。

我所拣得的旧书都很便宜，但也有贵的，而且是越来越贵了。一月前在清水塘地摊上，见有《新湖南报反右斗争专刊》合订本一册，第一期便是蓝岗揭露唐荫荪、锺叔河“同人报右派集团”的材料，薄薄十几页索价高达五十元，几经讨价还价，才以二十五元得之。假如没有自己这三个字还有朱纯的两个字在上头，我还真的舍不得当这一回“二百五”呢！

（二〇〇三年八月）

记得青山那一边

少时崇拜革命家，巴枯宁和克鲁泡特金的形象在我心中十分崇高。我以为，伟大的革命家应该和他们一样，同时又是伟大的道德家，政治道德和私人道德都要好；决不应该是李斯和马基雅维利一类人，不应该是无法无天的暴徒和说话不算的流氓。克氏《我的自传》曾是我最爱读的书，译《我的自传》的巴金，也成了我所感谢的译者。

那时有一种传说，说“巴金”这个名字，是为了纪念“巴”枯宁和克鲁泡特“金”而取的，这也增加了我对他的好感。

但真正使我从内心亲近巴金的，却是他译的德国作家斯托姆（这是一九四三年文化生活出版社初版的译名，一九九七年《巴金译文集》改作斯笃姆,《中国大百科全书》又改作施托姆了）的小说《蜂湖》。巴金在后记中写道：

十年前我在学习德文时，曾经背诵过斯托姆（Theodor Storm，1817—1888）的《迟开的蔷薇》，后来又读了他的《蜂湖》。《蜂湖》的中译本即郭沫若先生译的《茵梦湖》，倒是二十年前在老家里读过的。我不会写斯托姆的文章，不过我喜欢他的文笔……我不想把它介绍给广大的读者，不过对一些劳瘁的心灵，这清丽的文笔，简单的结构，纯真的感情，也许可能给少许安慰罢。

这段话曾引起我一丝疑惑：既然喜欢斯托姆的文笔，认为它可以给劳瘁的心灵以安慰，为什么又“不想把它介绍给广大的读者”呢？中学生的我当时不明白，但其实也用不着明白，只要“这清丽的文笔，纯真的感情”，给了我年少易感的心以温存和慰抚，便已经足够了。

《蜂湖》的故事的确很简单。儿时的来因哈德和伊丽莎白是很好的玩伴，又是同学。他为她在一本老书册空白处写下了自己的第一首诗，这时“年轻的诗人眼里含着泪水”。这些诗渐渐加多，开始他还守着秘密，后来终于被她看到。她读后十分高兴，送了一朵石楠花让他夹在书页中。后来他到外地读书，两人便分开了，但她依然是“他的青春时期中一切可爱的和神奇的事物的象征”。再后来，伊丽莎白的母亲却把她嫁给了另一个有许多处田庄（蜂湖便是其一）的同学埃利克。埃利克也是来因哈德的朋友，却不知道来因哈德和伊丽莎白之间曾有过朦胧的初恋。几年之后，埃利克邀请来因哈德来家中做客，于是来因哈德和伊丽莎白便在与他俩少年游钓之地只隔一道青山的蜂湖上重逢了。

重逢在两人心里漾起了波澜，这里面有留恋，有悔恨，有复苏的萌动，更多的是无可奈何的克制。斯托姆和巴金用哀婉的笔墨，描写两人单独在一起时几次相顾无言的情形，可说达到了抒情的极致，尤其是下面这一节：

……来因哈德弯下身去，在地上生长的野草中间拾起了什么。他再抬起头，他的脸上露出一种非常痛苦的表情。“你认得这朵花吗？”

她惊疑地看了他一眼。“这是石楠。我常常在林子里摘它们。”

“我家里有一本老书，”他说，“我从前常常在书上写下各种各样的诗歌，不过这已经是很久以前的事了。书页中间也夹着一朵石楠，不过那只是一朵枯萎了的。你知道，那是谁给我的？”

她默默地点点头，可是她却埋下眼睛，凝神地望着他拿在手里的草。他们就这样立了好一会儿。等她张开眼睛看他的时候，他看见她眼里装满了泪水。

“伊丽莎白，”他说，“我们的青春就留在青山的那一边，可现在它到哪儿去了呢？……

“我们的青春就留在青山的那一边，可现在它到哪儿去了呢？”在被囚禁的日子里，在极端的孤独和苦闷中，我写过几首“惜往日”，有一首就是：

记得青山那一边，年华十七正翩翩。
多情书本花间读，茵梦馀哀已卅年。

这里说的“多情书本”，即是巴金译的《蜂湖》，我则更愿意叫它《茵梦湖》，虽然我并不喜欢郭沫若那半文半白的译文。

我不懂外文，如果没有巴金，没有他那和斯托姆一样清丽的文笔，我便不能读到如此多情的书本，从而使我粗糙的感情体会不到、笨拙的笔墨表达不出的东西，能够从阅读中得到感应和宣泄，使自己的泪水得以痛痛快快地一流，稍微抒解郁积在心里的馀哀。

所以，我感谢巴金。

也只有到这时，我才懂得，巴金为什么不想把斯托姆的小说介绍给广大的读者。因为不会伤心也没有伤过心的人，是不可能真正理解它清丽的文笔下看似淡淡其实深深的哀愁的；而巴金却不愿使太多的人伤心，不愿使太多的人哀愁，这正是克鲁泡特金作为伟大道德家的精神。

我一直难忘，老亦难忘《我的自传》和《蜂湖》——《茵梦湖》，在巴金百岁诞辰的时候，我想请求他接受我深深的谢意。

（二〇〇三年十一月）

润泉纪念

一种风流吾最爱，南朝人物晚唐诗。

——大沼枕山

润泉走了半年多了。一位可与谈艺论文的老友的逝世，像一本翻熟了的旧书突然被从手中夺去投入焚炉，转眼化作青烟，再也无法摩挲重读了。时间过去得越久，书中那些美好的、能吸引人的篇页，在记忆中便越是鲜明。

这便是润泉的才情。

我忻慕润泉的才情，是五十年一贯的，即使在我们生气吵架的时候（亲兄弟不也有生气吵架的时候吗），亦是如此。这种忻慕，可以用一个日本人写的两句汉诗来形容："一种风流吾最爱，南朝人物晚唐诗。"真是说得恰好，质之润泉，想必也会点头微笑的吧。

润泉的才情，在他印成的《湖南饮食丛谈》等书中，看不大出；倒是在他写给我和别个朋友的书信中多有流露。为了纪念他，现在便来摘抄一点，也好作上面两句汉诗的注脚。一九九九年九月十九日信云：

购得新房一所，已经迁入。记得九二年由十二中迁河西，作《祝英台近》有句云："谷深沉，迁乔木，欣看庭前树。长年只是低飞，浅水平平处。"蒙兄称好，评为性情中人。其实性早没了，情亦随去矣。……

新干班文集，以刘音致兄书最为压卷。以前我略有所知，睡在狱中乒乓球桌上你也说过，居然见到实物，倘写儿女英雄传，可入新编矣。

此时润泉因切去声带失语近二十年，"长年只是低飞"，但心境还是高旷的。信的文字简洁，仍不忘调侃，此即"南朝人物"之风格。二〇〇〇年三月二十九日信云：

近日春笋不贵，十分好吃。李渔列笋为蔬食之冠，但要及时。现在是阴历二月末，是吃春笋的最佳季节。择其一公斤以下一匹者，尚未分节，鲜嫩无比。到了三月就开始分节，五月始硬，六月就变卦了。我现在已为无齿之徒，只能取其尖炒肉啖之。朱正的母亲很会制春笋，与雪菜同炒，这已经是四十多前的事了。笋子旧称"刮油"，与今之减肥正合。但所含草酸钙，易为泌尿系统结石之患。我于一九九六年体检发现肾结石，尚无症状。现仍拼死吃河豚，图一快耳。

叙述名物，娓娓道来，不避琐屑，而委婉有致，这实在是一则绝妙的短文。同年十一月二十日信云：

胡坚学长来我家，要我为他的咏物诗集写读后，说你给他写了一首诗，写得真好。但他不能背诵，请你抄给我作参考。胡与我同班，当时班上写诗的只有熊兆飞，我偶尔也写一点情诗，全班五十人再无第三者，不料到了晚年，健在者无人不成诗翁了。……

一中二十三日开校友会，我决定出席，因行动困难，估计很难前来看你，比邻如隔天涯也。

淡淡的幽默，不细心便体会不出来，也是很高明的手法。润泉大学毕业于广西，高中读省立一中，一中校舍就在我隔壁。他住教育学院，相距二十公里，只能同院中校友集体乘车来去，故所言如此。

二〇〇一年一月二十四日（辛巳春节）寄来《庚辰除夕九歌（录八）》，其五云：

避席文章本不多，老妻常怨太蹉跎。

江山何必庸人说，梦里生涯梦里波。

注云："朱、锺两兄为余好友，著作累累。老妻常曰：你只抵得朱、锺一小脚趾吧，给他们提夜壶也不配的。按：新式便壶不须提携，只好下岗待业。"这仿佛是在自嘲，其实乃是自负。从诗中可以看出，润泉从来没有看轻他自己，真正的老朋友也从来没有看轻过他。生而不能尽其才者，时也，命也，蹉跎云乎哉！二月十七日信云：

小诗蒙赞许，感谢。……我自己也认为，在才能上我与两兄并没有很大差距，但我性格上的缺点是太脆弱，这是从小养成的。……我这一生，教了三年书，中学一年，大学二年，胡言乱语，误人子弟。如辛词"踏青挑菜"，释为小菜贩子，现才知是用竹片和小锄去撬野菜。我们湖南人只知道用手拔，支离破碎。北方则用"挑子"，甚是也。

润泉的性格的确比较"脆弱"，这也应该由打击他的势力负主要责任。他于学问文章还是认真的，观其对"挑菜"一词的辩证可知。七月二十日信云：

我精读你的文章，佩服之至。但也有个别地方可以商榷，如《黄鸭》一文……"黄鸭叫"你的考证完全正确，即"黄颡鱼"，长江流域中下游皆产。我看到一篇文章，说鄂西神农架盛产此鱼，也是白煮，路边小摊极廉；下游贵一些，蒸熟煮稀饭或下面条均可。但你讲的“白鸭叫”，却决非你所定的“黄鲴鱼”，只能是与黄颡鱼同科的“骨鱼”。骨鱼不产于湖南，要用飞机运来，摆个样子，开价六十元一斤。现剪呈两图，请评审。……兄虽受挫折，仍重视科学，终为当代学人。我则萎弱不堪，只能捐献遗尸，以期对科学稍作贡献，已蒙批准矣。

这里表现出对考证名物的兴趣，也就是对世界对生活的兴趣。此信写得颇长，惜不能多引。信末谈到捐赠遗体，身后果然这样做了。二十八日信云：

谢谢你的回信，看来不去橘子洲头一次不行，只有眼见方知也。我寄你的两图，是图不好。你看黄颡鱼就不像“黄鸭叫”，因此骨鱼也不会像“白鸭叫”了。我估计是骨鱼，否则卖不到五十元一斤。……

捐遗尸是我久蓄之志，因为人死后已失去痛觉。倘有痛觉，火烧也总比五马分尸更痛些吧。……

像平时谈话一样，坦然地谈到捐遗体的事，说自己不怕“五马分尸”。八月五日信云：

正如你所言，我的烹饪作业，耳食也。如与你相比，你在教育街炸的肉丸子，我就远不能及。你在洣江的泡菜坛子，也比我好十倍。但我残废以后，确实写了三百多篇谈吃的文章。……

现在也有一折八扣书，《曾国藩》三卷合《伟哥手册》每本一元五角。我用一元买了一本《全国小吃三百例》，长沙臭干子等不足道，但有一样十分有趣，名叫“怀石馒头”。是选些比鹌鹑蛋稍大的石头，洗净涂油做包子馅。包子蒸熟后，热气腾腾地掰开让石头脱出，中心空洞填入热的冰糖红烧肉，啖之真是妙不可言。

此间美食家，除使君外，唯我而已，但尚不如汪曾祺，他的油条塞肉确是一大发明。距我居五十米校门口有油条摊，我请保姆清晨买二三根来（很粗大，也不知放了尿素没有），事先准备一点肉泥，趁油条尚热，用大竹筷扩大其孔，将肉泥塞入。到九点多钟，油条摊快收摊时，我亲临摊前，请其回锅，每根再付钱三角，任由慢火炸成深棕色，外酥里嫩……

调羹烹鲜，是润泉晚年唯一的乐事，他发表的《湖南饮食丛谈》虽然不免迎合，未能充分表现他的才情，但整个内容仍有不少价值，一部分也有实际体验作依据。说他全凭“耳食”，是我又一次对他不客气。这次润泉却没有介怀，来信仍然大谈食经，而且越谈越妙，唯恐篇幅过长，兹不多述。

八月间朱纯种的昙花开放，她写了篇小文发表在十五日的

《三湘都市报》上。润泉见后，写了诗寄来，我们却没有收到。九月初又接到了下面这封信：

> 前呈贺贵宅昙花盛开四首，想入尊览，请裁夺以便缮正抄呈，留一纪念。八月廿三日接到我高中同学黄美之寄来她的散文集《欢喜》，其中亦有写她家（台湾）昙花开放一文，兹剪下寄呈。佛说“众生有相”，台湾之昙花与展览馆路或亦不尽同也。黄美之曾在台湾以间谍罪入狱十年，著《伤痕》一书，是台湾的“伤派”。由于她又是基督教徒，主张爱敌人，故其言温婉，与大陆“伤派”不同。……

润泉近年给我的信，就抄到这里。二〇〇二年我和朱纯到美国去了，二〇〇三年五月回来，志浩兄告诉我，润泉元月六日还给他写过信，但几天后便发了病，当时似不太严重，住院八天就回家过春节。又过了一个多月，在三月五日又收到他的一封信，看得出情况已经变坏。此信似乎并未写完，署名、日期都没有，在最后只说要赶快寄安眠药去，接着病就大发，送进医院再也没有出来了。元月六日给志浩的信云：

> 承贺新年，已大雪封山，不能回拜也。空调暖气微微，而且十分耗电，因以烘篮煨炭丸子一枚补充之，兼以薄酒老姜御寒，尚能苟活。
>
> 叔河兄嫂去美国，行前一月即告诉我了。朱正兄嫂之

公子在京，接两老去住，我是听别人说的。五十年代中湖南报社的“小四人帮”，唯见与我尚在长沙。

去年六月，江西龙虎山张天师六十三代传人张光前先生云游长沙，为我算命，算定我将于二零零四年九月二十四日白日升天，张孝雍则能活到二零二零年六月十六日，到期再乘鸾与我会合，所以她待我十分宽厚。我已向湘雅医科大学捐献遗体，死后六小时通知收尸，火葬费八百元发给遗属，并发证书，我以为极好。如张天师算命准确，零三年一月到零四年九月我们书信相通，九月以后就梦里相逢算了吧！

张天师算命当然是鬼话，润泉以玩笑口吻说出来，还阳阳如平时。接着便谈捐献遗体，尤其是最后梦里相逢几句，感情充沛，却全是悲凉，现在看来，竟成谶语。

志浩三月五日收到的最后一封信，前半的字迹风格尚如常，在报告春节前入院出院经过后，还谈到五十年前在报社同读唐诗各有所好的故事，又一次表白了晚唐诗人李义山是他的最爱。这里需要谈谈润泉的旧诗，他学李义山，延续下来又学郁达夫，都能神似。六十年代初我们“小四人帮”在长沙以缮写、挑土维生，志浩弄到一部郁达夫诗词抄本，润泉通晚不眠，复写四份，装订成册，一人一册，并于卷首题诗一首：

赏心乐事人人有，数我抄书事最奇。

隔宿有粮先换纸，每朝无梦不亲诗。
只缘偏爱元温句，却是伤心屈宋辞。
写罢富春才一卷，晓风凉雾入窗时。

这“元温句”指晚唐诗，没提义山是为了合平仄，不然的话，“温李”本是现成，何必以元代李呢。信中拉杂写道：

在报社的小天地里，诗那时不成气候。我们这“小四人帮”，你喜杜，叔河喜李贺，朱正学李白太高，杜牧对他来说又低了些。我算什么呢？我喜欢李义山，他是现代朦胧诗的鼻祖，特别是他的卑弱、屈辱，与我相似……叔河挽尚久骖的诗，也寄了一份给我，拟和之尚未成。所作挽联则一般化，毕竟只是精神恋爱，没有上过床……我不知如何给朱正写信，你如有便告诉他一下，俞某死在旦夕，只有脑子还有一点微弱的波动。周艾从身体到底怎样？比我好一点？差一点？自己能吃饭吗？尚能饮否？

信写到这里似乎停顿了些时，下面又重新开头，字迹也大小不匀，潦草起来了，但风格依然是润泉的：

志浩兄：从现在情况看，我达不到张天师传人预告之期了……我写了篇《长开眼》，从元稹的诗说起，说到古代的“凌迟”。刽子手从后面以利刃从受刑人眉上划两刀，撕下眼睑遮住双目，使之见不到刽子手。刽子手然后坐下来，吃花生米下酒，慢慢地一刀一刀将一片一片肌肉割下，割三天，再剜出心脏……

现在提倡救死扶伤，救死可以不必，发几粒舒乐安定片，一片可睡一小时，总是人道主义吧。我要求你买几片寄来（估计每片人民币一角钱），报社医务室有，要十片八片，直寄张孝雍转我，使我能睡几小时，不是自杀……

至此戛然而止，既未署名，也没写日期。但看得出他最后的神志仍然是清楚的，而且风度依然，虽不想多受苦，却能坦然不惧，以幽默的态度对待死亡，真算得上是嵇阮一流了。志浩附笔告云："我当即寄去安定十片，亦不知收到否。两次信中，他都谈到你和朱正，亦可见五十年祸福相依之不能忘怀也，特送上一阅，这一纸可能便是俞兄最后的遗墨了。"

于是我们夫妇便和志浩（还有黎维新君）赶往医院去看润泉。此时他已极度虚弱，仰卧在床，赖以传言的右手已全瘫，左手亦只能微动，但目光急切地望着我们，好像有话要说。我便将他扶着坐起，把一支圆珠笔塞在他左手中，复以一臂支着他的左手，一手托住个白纸本子，想要他写出来。润泉也努力想写，手却全不听使唤，抖了许久，才"写"出两张任何人都无法辨认的"字"来。两张都是直行"书写"的，每张纸上从左至右写两行，第一行四字，第二行三字。四加三等于七，每张纸上都是七个字。因此我想，他想写给我看的，并不是普通的遗言，而是两句七言诗。他耗尽了最后的心力，我却终于看不懂，悲哉悲哉，临死仍不得一吐胸臆，留两句绝命诗于天地之间，天何以厄润泉至于斯极耶？

润泉富于才，深于情，这从上面摘抄的信中可以看得出来。他生而具诗人的禀赋，有诗人的气质，当世却不能尽其才，使其情志压抑不舒，终不能不郁郁以卒，这对润泉真是太不公平了。

我摘抄了这十一封信，以为润泉的纪念，一面摘抄，一面忍不住心中难过。但抄到末了，又忽然觉得，先死者也许还是幸运的，因为还有后死者在纪念他。如果死在最后，曾经祸福相依又可与谈艺论文的老朋友都先走了，又还有谁来检点旧信遗诗，来追忆昔时的人物、昔时的诗酒和昔时的风流呢？

（二〇〇四年二月）

To philomathes的人

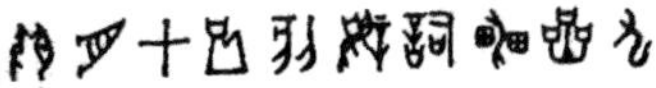

上面这行甲骨文为一书名，即《殷墟甲骨刻辞词类研究》。

甲骨文我认识得少，限于三千多年来字形变化比较小的几个。书的作者杨逢彬我却是认识的，当这部精装大书摆在面前时，便想来谈一谈我对他的一点印象。这一点印象就是：他是一个有理想家气质的做学问（To philomathes）的人。

根据古希腊人的解释，To philomathes的根本要求是要超越利害，纯粹求知而不只为了实用。像甲骨文这种东西，除了专门的研究者（全国和全世界总共也只百十个吧），恐怕没有多少人要看，肯定不会“畅销”，用作求名求利求职的敲门砖，即所谓“实用性”，实在很小。但逢彬偏偏对它有兴趣，决心研究它，而且一钻进去好多年，这便是To philomathes了。

初识逢彬时，他刚刚大学毕业。恢复高考后他进的是医学院，可这并不是他自己的选择。他的理想是研究古文字，后来有了点选择的自由，于是便在医学院毕业后决定弃医习文，宁愿牺牲这五年学医的时间，作为 To philomathes 入门的代价。

这个决定，正可以说明逢彬的理想家的气质。其时正值逢彬祖父杨树达遇夫先生的友朋书札准备出版，标点和注释工作原由出版社组织人员在做。逢彬发现了其中的一些问题，曾拿来征询我的看法。于是我知道了，他在学医的同时，便一直在自修古汉语，他的理想是有切实的行动支撑着的。

经过努力，逢彬终于通过严格的考试，成了武汉大学夏渌教授的古文字学硕士研究生。此时他年过三十，已经结婚生子，负担不轻。我了解他的古汉语水平已经超过学中文的研究生，便请他标点、今译过几种古籍，他都能胜任愉快。

修完硕士之后，逢彬可以来出版社工作。这样收入比留校高，职称晋升也容易些，又能够照顾在长沙上班的妻子和幼儿。和他谈到此事时，他诚恳地对我说："出版社的工作，对我是有吸引力的。我的家也在长沙，去武汉并不容易。但我还是想到大学里去，那才有可能继续深造，争取专门研究甲骨文。"

于是，他留在了武大，开始教书。一个新教师的任务是繁重的，后来"开门办学"，还得提着书囊行李到处跑。他的妻子在长沙邮电部门工作，忙得很难兼顾小孩。他甚至不得不将小孩带到武大去，照料其生活，辅导其学习。为了搞好教学同时坚持研究，逢彬付出了比常人更多的艰辛，终于得到了在职攻读北京大学郭锡良教授汉语史博士学位的机会。

在攻读博士学位以前，逢彬到北大进修了一年，系统补习了汉语史、语言理论和现代汉语。攻读学位期间，又到北大一年，完成了学位课程的学习。一九九八年，他以三年之力写成的《殷墟甲骨刻辞动词研究》的论文，取得了博士学位。全体答辩委员给这篇论文以很高的评价，一致认为其研究方法得当，占有材料丰富，尤其在克服用后代语法体系去上探甲骨语法的模式这一点上，具有独到的创获和颇高的学术价值。有关方面认为，这篇论文已经达到了正式出版的水平。

此时逢彬已执教好几年，职称还没有上去，等着要看他的“专著”。逢彬却并不急于出版这篇论文。他听取了郭锡良教授的意见，决心在动词研究之后，继续研究甲骨刻辞的形容词、名词、代词、副词和介词。又用了整整五年时间，才正式完成这部书，交付出版。

花城出版社副社长秦颖告诉我，逢彬交稿以后，多次检阅校样，反复推敲，尤其是对于“绪论”，校改至再至三。“讲老实话，我们社出版学术著作，绝大部分作者最关心的都是出书的日期，也有的是稿酬的标准。只有杨逢彬，才自始至终一直将书的质量放在第一位。就凭这一点，我觉得，我们向别的出版社争来这部书稿，就是完全值得的。”秦颖说，“还有一件事也使我感动，我到武大去拿书稿，见到逢彬生活清贫。他告诉我，他妻子放弃长沙的工作去武汉，家庭收入大大减少。我问他何不多讲点课创点收。他说，想做学问就赚不了钱，这点我早就有思想准备。”秦颖说的，不也是逢彬 To philomathes 的精神吗？

逢彬的书，属于专门，印数很少。秦颖不怕赔钱，争着来出版，也颇有一些理想家的气质。对于他在这件事情上的表现，我也是十分欣赏的。

如今“做学问的人”中，出书的人中，理想主义者是越来越少了。大家都变得越来越“现实”，一切只从实际利益考虑。七十多年前有人礼赞古希腊人 To philomathes 的精神，举欧几里得教几何的事为例。有个弟子做习题时问道：“我学了这些能得到什么益处？”欧氏便叫奴隶：“去拿两角钱来给这家伙，因为他来求学是为了要得到好处的。”礼赞者然后申论道：

> 我喜欢礼赞希腊人的好学。好学亦不甚难，难在那样的超越利害，纯粹求知而非为实用。——其实，实用也何尝不是即在其中。中国人专讲实用，结果却是无知亦无得，不能如欧几里得的弟子赚得两角钱而又学了几何。

最后这一句听起来似乎是轻松的调侃，其实是相当沉重的。

我在这里介绍逢彬和他的书，心情当然很高兴；但想到真正 To philomathes 精神的式微，亦不禁有沉重之感。为了不破坏读者的情绪，也学着来轻松一下吧：写杨逢彬不是为了提倡大家都做书呆子，谁有欧几里得弟子的本事，学了几何又赚得到钱，我也是乐观其成的。

遇夫先生与先父一八九八年在时务学堂同学，一九五三年起又同挂名湖南文史研究馆直至逝世。先父一生侘傺，曾教我曰："人不可不立志。我碌碌无为，比同学少年，武如蔡艮寅（锷），文如范源濂，做学问如杨树达，搞政法如章士钊，都不啻云泥。此固由于资质有差别，境遇有不同，最重要的还是自己不发愤。汝当以我为戒，立志做一门学问。即使只做出点点成绩，也比耍嘴皮子、扎花架子有意义，庶不致庸庸碌碌虚度一生。"

当时我正狂热地参加学生运动反对国民党，将七十岁老父的话当成耳边风。逢彬的父亲德嘉同志比我小一岁，情况恐怕和我也差不多。一九四九年八月长沙一解放，德嘉和我不约而同成了革命干部。虽然因此五十年后得以光荣离休，不必进文史馆，工资也照加，但父亲的期望"做一门学问"却如泥牛入海，消失得无影无踪了。这在读书人家出身的人如德嘉和我者，狂热过后清醒过来时，自然不能不感到愧疚和遗憾。

现在逢彬学问有成，德嘉同志可以无憾了。回想起自己五十年未能用心于学，辜负了先父的教导，不胜唏嘘。

（二〇〇四年二月）

我的笔名*

笔名是 pen name 的汉译，而且是直译，但中国古亦有之。明清文人写作时常用的室名和别号，如聊斋、玉茗堂、渔洋山人、兰陵笑笑生之类，其实就是蒲松龄、汤显祖等人的笔名，不过当时没那么叫罢了。

新文学本是旧文学发展到近代，加上西洋和东洋的影响，才发生和长成的。周氏兄弟用过的笔名戛剑生和知堂，跟略早的百炼生和观堂看起来没什么两样。巴金听说取的是巴枯宁、克鲁泡特金首尾二字，西谛则有可能是CD的谐音，这便有了“西来意”。到蒋冰之署丁玲，万家宝署曹禺，不仅易名，而且改姓，才是古之所无，开了生面。

有本书名《方生未死之间》，我出生在这个“之间”，故

---

*即《董宁文编〈我的笔名〉序》。

多少受过些旧的影响。十四岁时用文言写了卷《蛛窗述闻》，署名“病鹃”，好像是在“为赋新词强说愁”，却又无此本领，只留下了这一点幼稚的感伤的痕迹。

抗战胜利后回城念高中，一度想当文学青年，学着写新诗，写小说，刊出时用了个“杨蕾”的笔名。一九四九年后成了公家人，起初“杨蕾”还在做他的文学梦，但一九五〇年夏天小说《季梦千》一发表，立即受到公开批评，冯牧、林克二位写文章，说它“缺乏思想性”，“看不出怎样痛苦地和自己的旧思想作坚决的斗争”（原文如此，下同）。差不多同时，又收到了《人民文学》退回另一篇稿子的复信，说是“思想水平还不很高，没有写出我们的力量与曾经如何战斗”。我想，“缺乏思想性”是肯定的，“思想水平还不很高”这一句则越看越像是嘲讽，这思想水平实在也无法提高，又如何写得出“我们的力量与曾经如何战斗”，还有“怎样痛苦地和自己的旧思想作坚决的斗争”来呢。于是只好将“杨蕾”从梦中喊醒，这笔名从此再没用过了。

与文学虽然绝了缘，文字工作却仍在做着，奉命写的短评社论不署名，有的文章却是要署名的，署过的记得有“柴荆”（财经）、“龚桥”（工交）、“辛文”（新闻），等等。最好笑的是，七十年代初以“右派分子不思悔改又恶毒攻击伟大的无产阶级文化大革命”的罪名被逮捕判刑时，判决书中这些笔名（如果可以算作笔名的话）都成了我的“化名”。化名都有上十个，即使不是潜伏特务，也是“草上飞”一类江洋大盗了。

折腾二十多年后，终于平反改正，到了出版社，着手编我的《走向世界丛书》，每种书前得写长篇叙论，这是学术文章，必须署名以示负责。可又有好心的同志打招呼：“我们这里，向来不赞成编辑搭车发表文章的，自己的名字还是不署为好。”此时我年已五旬，火气早已退尽，立刻从善如流，于是署上了不同的笔名，有“谷及世”（谐音古籍室），有“何守中”（倒读锺叔河），还有“金又可”（锺叔河之半），等等，这大概也可以算作一个小小的故事。

一九八四年当了总编辑，署什么名没人再来管，从那以后，我便只用本名，再没用过什么笔名了。董宁文君上次叫写“我的笔名”，即以此辞之，这次又叫我写序，更不敢佛头着秽，免得玷辱名家名作。但董君的盛情实在难却，只好讲点从前的小故事，聊备一格。如果书稿已经按作者姓氏笔划编排好了，便请将其放在全书之末，作为迟到的最后一篇吧。

（二〇〇六年八月）

依然有味是青灯

几年前写过篇小文《青灯》，开头抄了一首东坡尺牍，当然是照自己的“读”法“抄”的。文章连同所“抄”总共不到六百字，却居然改过好几回，越改越不行，所以如今存的依然是初稿：

> “年将尽时，天气越来越冷，加上刮风下雨，无法出门，即使没有什么特别不顺心的事，也不免会无端地觉得凄凉。只有到夜深人静时，在竹屋纸窗下点上一盏油灯，让那青荧的灯光照亮摊开的书页，随意读几行自己喜爱的文字，心情才会慢慢好起来。渐渐便会觉得寂居的生活也有它的趣味，可惜无人与共，只能由我独自享受。——你知道了，也会为我开颜一笑罢。”
>
> 上面是东坡尺牍《与毛维瞻》（照我的读法）。

文人写自己的读书生活，如宋濂之自叙苦读，顾炎武之展示博学，都很可佩服，却不容易使人感到亲切，“纯文学”作品“绿满窗前草不除”之类又嫌作态，总不如东坡之寥寥数语，写得出夜读之能破岑寂也。

东坡说“灯火青荧”，后来陆放翁又有诗云“青灯有味似儿时”，如今在电灯光下很难想象这种境界。抗战期间，我一直在平江乡下，夜读全靠油灯。如果用的是清油（茶籽油或菜籽油），外焰便会出现一层青蓝色，正如炉火纯青时。三根灯芯的亮度略等于十支烛光，读木刻大字本正好。可惜那时不够格看东坡全集，只在《唐宋文醇》中读过他的几篇“古文”，印象反不如尺牍小品深。有光纸石印本的旧小说倒在灯下偷着看了不少，比七号字还细的牛毛小字把一双眼睛害苦了，弄得抗战胜利后进城读高中，就不得不戴上一副近视眼镜。

“青灯有味似儿时”的上句为“白发无情侵老境”，乃是放翁《秋夜读书每以二鼓尽为节》诗中的一联。诗句写出了一位老者深切的忆念，他觉得儿时的一切都是有味的，哪怕是夜读。其实古人儿时未必能够点起灯来看自己想看的东西，父师督责着不能不做的夜课则未必有味，放翁自己在另一首诗中，不是也承认“忆昔年少时，把卷惟引睡”吗？

周作人《苦茶庵打油诗》续作之八有两句：“未必花钱逾黑饭，依然有味是青灯。”后来又在《灯下读书论》中引申道：

“我曾说以看书代吸烟……书价现在已经很贵，但比起土膏来当然还便宜得不少。”所谓“土膏”即鸦片烟，亦即是句中的“黑饭”，这也是无可奈何中的一种消遣。周氏接着又道，消遣“以读书为最适宜”，但读书“既无什么利益，也没有多大快乐。所得到的只是一点知识，而知识也就是苦，至少知识总是有点苦味的”，但“无论如何，（要读书则）寂寞总是难免的，惟有能耐寂寞者乃能率由此道耳”。

我喜欢青灯，也就是喜欢它映照出来的一点寂寞。对此描写得最好的当然还是东坡的原文，“岁行尽矣，风雨凄然，纸窗竹屋，灯火青荧，时于此间，得少佳趣”。《灯下读书论》引此语后说，“这样的情景实在是很有意思的，大抵这灯当是读书灯，用清油注瓦盏中令满，灯芯作炷，点之光甚清寒，有青荧之意，宜于读书，消遣世虑”，真是深得此中三昧之言。大约总须在饱尝人生的苦辛，经历人世的风雨之后，才能领略此种情境，才能从寂寞中寻得佳趣，但寂寞还是寂寞的，因为这佳趣“无由持献”，只能独享也。

如今连煤油灯都成为收藏品，古老的油灯早已绝迹，水泥楼房玻璃窗户代替了纸窗竹屋，住在里边跟大自然差不多完全隔绝，风雨时也感受不到一点凄然之美，青荧的灯火更只能存在于记忆之中了。

但是，青灯并不仅仅是一盏“有青荧之意”的灯，正如我在《青灯》中说过的那样，它是真实的，我曾经见识过。抗战期间，我一直生活在湘北的大山中，那里本来没有电灯，乡绅家用过的“洋油”这时也断了来路，山民们还在以“枞槁”（饱含松脂的松材片段）照明，学校晚自习和家里夜读书全凭一盏油灯。如果用的是当地盛产的茶籽油，点上两三根肥白的灯芯，结了灯花随时剪去，冉冉摇曳的灯焰上部便会显出一层青蓝色的光辉。平时我们在暗室中用木炭取暖，燃烧极旺时，火焰的蓝青色也会极鲜亮，这“炉火纯青”的颜色便是青灯的颜色了。

学校里课桌相邻的两个学生共一盏灯，灯座是竹制的，上置贮油瓦盏。每班十多二十盏灯做一排挂在和黑板相对的墙壁上，晚自习开始时自去取来点着，放在两张课桌中间。灯低亮少，坐在灯右的还好一点，坐左边的就苦了。为了争光发生口角的情形，在学生中是常会发生的。

瓦盏中贮的本该是纯净的茶油，庶务主任怕学生将它倒去炒冷饭吃，叫人在里面搀了桐油，甚至搀桐油的“油脚子”，于是烟炱特多，灯火昏黄，不再青荧，而且发出一股难闻的气味，这时便没有什么“佳趣”了。加上训育员时来巡查，不准看功课之外的闲书，尤其是还要强迫背诵“知耻为勇敢之本”之类狗屁胡说，下自习的铃声又迟迟不响，更是难熬。

只有到满十四岁那年，因为第三次湘北会战辍了学，这时文言文稍能看懂了，在老屋楼上偶然寻得一堆巾箱本笔记小说，夜夜在自家的清油灯下看。书本小字也小，倦时眼睛自然会转向面前那盏灯，只见裹着一层美丽蓝青色的灯焰不停地跳动着，像一件有生命的活物。望着望着，不知不觉便会陷入沉思，一颗心上穷碧落下黄泉到处乱窜，特别是在看了婴宁和黄英这些美丽的故事以后。直到风吹动门前竹木，或者下起了雨夹雪，或者窗外有人走动，一阵簌簌声才将我唤回书上，那边的漫游中止，这边的故事又接上了。

笔记小说中的故事，也有使人紧张甚至觉得恐怖的。这时青荧的灯光会增加诡异的色彩，如果有微风入室，身后墙壁上自己巨大的身影摇摇欲动，恍惚成了书中描写的异物，便不禁汗毛竖起，心跳加速。但大多数故事给我的总是新奇和快乐，还有初知人事时自然会有的绮思遐想。应该说，我的心理和生理的启蒙和觉醒，都是在老家的青灯下开始的，虽然当时幼稚的我还远远谈不上进入夜读的境界，书中的苦味更体会不到。

总而言之，青灯给我的感觉，虽然有一些寒意，大半时候还是温郁的，它使我开始领略到读书的“佳趣”，开始接受了人生的光和热。时间虽然过去了六十多年，青灯下的生活依然有味，在我的心中，这盏灯永远不会熄灭。

（二〇〇六年八月）

《青灯集》自序

——纪念朱纯

妻亡于二〇〇七年一月二十一日，当天的哀启，是匆匆写成，由周实和王平两位朋友帮忙快印发出的，全文如下：

> 我妻朱纯已于本日凌晨二时去世，终年七十九岁。
>
> 零四年十月朱纯查出癌症，当时即已扩散，预告凶险。她却从容面对，说“五七年没打垮我，七零年没打垮我，这次病来得凶，人又老了，可能被打垮，但垮我也不会垮得太难看，哭哭啼啼”。零五年九月她预立遗嘱，说她只要能动，就会活得快乐。两年多来的情形，确实如此。
>
> 朱纯一九二八年生于长沙河西，四九年八月进报社当记者，五三年和我结婚。五七年后夫妻协力劳动维生，她成了五级木模工。“文革”中我坐牢九年，她独力养大了几个孩子，送了我母亲的终。五十四年来，她照顾我和孩

子远比照顾自己为多，最后对我说的一句话还是：“你不要睡得太晚。”

朱纯一生朴实谦和，宅心仁厚。我的朋友都是她的朋友，对我有意见的人对她也没有意见。连家中的保姆，无论去留，从没有说她不好的。

朱纯能文，但无意为文，离休后才偶尔写写，有《悲欣小集》，亦不愿公之于众，只印示生平友好。病后这两年多，她却发表了不少文章，最后一篇《老头挪书房》刊载于本月十一日《三湘都市报》，文中仍充满对生活和亲人的热爱，她自己却在文章见报十天后便永别亲人和生活了。

此时此刻，我和女儿们自然是极为悲痛的，但仍谨遵遗嘱，只将哀启发送给至亲好友和关心过她的人，不举行任何仪式，家中也不设灵堂，请大家不必来函来电更不必亲临。只请知道这回事：朱纯已走。如果觉得她还好，是个好人，在心里记得她一下，就存殁均感了。

也是因为有朋友帮忙，三百份哀启，一上午便寄发完了。朱纯从来是一个快乐的人，虽罹恶疾，仍能不失常态，最后一次进医院之前，也不怎么显露病容。入院前半月还曾下乡游玩，和我商量想在乡下找一间小屋住住，说“这不花多少钱，但得装上宽带网，好在电脑上和女儿、外孙女儿见面交谈，再写写文章”。

生病的这两年，的确是她写作最多的两年，一直写到去年年底的《老头挪书房》。

我于妻去世后出版的《青灯集》，一百二十三篇中的一百一十篇，都是妻在病中帮我打印，有的还帮我润色过。她走了以后，过了八十天，我才勉强重拿笔杆，不到两千字的《谈毛笔》，前后竟写了四天……

朱纯病中还催着我“挪书房”，即是将客厅改为一间大书房，把挤在内室的书大部分搬出来，腾出两间“工作室”。她原有一台电脑，又叫女儿买来一台，督促我“总要学会用才好”。可是如今，两台电脑搁置在两间空荡荡的“工作室”里，我则只能像杨绛先生来信劝勉的那样，“且在老头的书房里与书为伴”了。

妻走了，五十多年来我和她同甘共苦的情事，点点滴滴全在心头，每一念及，如触新创，总痛。

《青灯集》印成后，南方冰冻，运输不通，幸得有关同志特别关照，以航空快递寄来，才使我能以新书一册，送到她托体的山树下，以此作为她的周年祭。当时我在心中反复默祷着道：

“朱纯啊，我不久就会来陪伴你的，你就先在这儿看看书，休息吧。”

（二〇〇七年八月）

以身殉书哭杨坚

杨坚女儿来电话告知老杨逝世，明知人固有一死，小于老杨八岁的我，亦未必能再活八年；但想起他年已八十七，又身患癌症，当编辑一直当到以身殉书，最后离开办公室时还依规矩请假，心里真不好过。又想起他一直要我为他写篇文章，多少年了，一直没写，更加不好过。于是在电话里头说，我这次一定要给你爸爸写点什么，虽然不一定写得好，当晚便写成了这样一副挽联送去：

剖心胸酬古国千年，君应无憾；
涂肝脑成新书百卷，我实多惭。

这里需要作点说明：老杨是一九四九年的南下干部，却背上了拖累他大半辈子的历史包袱，只能用几十年兢兢业业、毫不懈怠的忠诚表现，才得以归还清白。中国读书人本有忠爱的传统，屈原在“荃不查余之中情”的环境中，仍然“虽九死其犹未悔”；司马迁“大质已亏缺矣”，还在想将编著“藏之名山，传之其人”，真是“剖心胸”也要酬偿千年古国的陈年旧账啊！老杨继承了古代读书人的传统，他既懂传统学问，又守传统道德，来出版单位三十多年，终于用行动和事实证明了自己是“芳草”，争得了该得的“嘉名”，成了岳麓书社终身编审、第五届韬奋奖获得者，如今大去，应无遗憾。但回顾他几十年“苦难的历程”，仍不禁使人感到悲凉，为之一哭。

老杨三十多年来埋头编书，呕心沥血，说他肝脑涂地，实不为过。他编的书，《郭嵩焘日记》原稿二十馀卷，《船山全书》曾氏旧刻凡三百二十二卷，称为“百卷”，毫不夸张。这两部书的编辑工作，确实达到了我所见到的最高水平，比如郭氏日记光绪三年八月十一日记云：

> 铿弗林斯法尔齐立法尔姆安得科谛费格林升阿甫英得纳升尔那参赞诘生及立觉尔得寄示在安多威尔伯地方会绅达摩生宣发一段议论……

这开头的“铿弗林斯法尔齐立法尔姆安得科谛费格林升阿甫英得纳升尔那”二十七个字的意思是什么呢，老杨将其还原成英文并予汉译，普通读者才能看懂是：

> Conference for the Reform and Codification of International Law.（修改编纂万国公法会议）

似此者书中多达数百条。光绪年间翻译没有规范，郭氏丝毫不通英文，全凭湘阴口音用汉字记录英语，要来还原正译，难度可想而知。尤其是专名如“哥弗来兑”之为“Good Friday，耶稣受难日”，“瓜得利类非有”之为“Quarterly Revier，每季评论”，如果要我来做这件事，真比鲇鱼上竹竿还难。

当然，智者千虑，亦难免一失。我曾在初版郭氏日记第三卷上用红笔标记若干处质疑，老杨则用蓝笔一一批答，偶尔亦有批“好！”和“所正极是”的。如光绪三年九月二十日记：

> 又有挨尔奢耳六十一万七十［千］八百五十吨，价值三十一万九千八百五十三磅［镑］。

“挨尔奢耳”原注作“Oil Shale，油石”，我指出这里的中文译错了，“油石”应是“油页岩”。因为日记下文明谓“其形似煤，而无火力，西洋人用以炼煤油”，正是咱们广东茂名地方也在开采炼油的油页岩；“油石”则是用金刚砂制造成的一种研磨工具，呈各种长条形，通常成打成箱，决不会按吨位计价的。后查陆谷孙主编的《英汉大字典》，证明了我的说法，老杨便从善如流，欣然接受了。

这一卷日记还保存在我家，至今只有老杨和我两个人看过。老杨所还原今译的好几百词条，我提出质疑的不到十分之一，质疑能得到老杨首肯者则不到百分之一，九牛一毛，其细已甚，实无伤于编校工作的整体高水平。俄罗斯有一句民间谚语说得非常生动，“鹰有时飞得比鸡还低，鸡却永远不能飞得像鹰那么高”。用来形容，正是恰好。

平心而论，《郭嵩焘日记》和《船山全书》，还有老杨所译《希腊罗马神话》，的确可以作为湖南出版图书中的范本。《船山全书》为了求全尽善，更耗尽了老杨半生的心血，真可说是锲而不舍，死而后已了。作为同业同事，实际工作上很少给他帮什么忙，某些场合中没能为他讲公道话，想起来真的感到惭愧，这就是挽联末了说的“我实多惭”了。

《希腊罗马神话》八十年代初版，杨兄即曾相赠，想要我看看，写篇书评。当时随口应承下来，却因为希腊神话早年读过周作人、郑振铎、楚图南诸人译本，不大想再从头来读，又不习惯没细读全书就来凭空饶舌，便一直延宕下来，终于没有交卷。几个月前，大约是去年十二月初间吧，又收到老杨托人送来的再版本，还附来了下面这封信——

叔河兄：久未联系，只一次在电视上得睹丰采，肌肤似稍宽弛，然舌华快捷，语调神情平生一贯，不啻亲觌，佩而且慰。我的希罗神话最近再版，奉赠一册留念。有名家偶赞其译文者，所欠惟念楼之品题耳。

你身体好否？闲中以何消日？我周一至五上班，为《船山全书》再版重读改正错误。惟觉老年喘嗽，出气不赢，馀无大碍，可请放心。此册托社里找人专呈，当可妥收。专此并颂研安。

杨坚　上（月日）

信末特别附来他的电话号码，立即拨打过去，听到“出气不赢”的回音后，便直言相告道：

“‘念楼之品题’终于缺席，我应该向你道歉。但即使不缺席，我写的也绝对达不到孙犁、罗念生、张舜徽的水平。从后记中见到了他们三位的文章，知道你的书已名重译林，我的歉疚之心也可以少安了。

“现在却有一句比道歉还要紧得多的话要对老兄说，你已年过八旬，又身患重病，‘喘嗽，出气不赢’决不是什么‘无大碍’的小事，而是生死攸关的大事。建议你立即停止“周一至五上午上班”，立即住院治疗。当然，我们这些七老八十的人，迟早总要死的，住院治疗也不能不死，但总可以缓解点“出气不赢’的痛苦，使你和关心你的人觉得好过一些。

“《船山全书》校改的工作，我看也不必再做了。古人云，‘校旧书如扫落叶’，总是不能彻底扫净，一劳永逸的。（补注：此指学术校订，至于抄录排字，则是可以而且应该校对无误的。）去年还是前年，偶与唐浩明接席，问起你病后情形，他说还在上班，当即托其带上便信，抄奉了一句俗话，‘满山的麻雀是捉不尽的’，想已见到。如今再讲一遍，请不要再跟麻雀拚老命了吧！这句话如果不讲，那就比‘品题’缺席更加对不住老兄了。”

听了我这番话，老杨细声细气地说了几声谢谢，但还是“没法像你那样，拿得起，放得下”，书还得校下去……

于是，这便成了我和老杨最后的交谈，上面那封信也成了老杨给我的最后的遗墨。我想请大家看一看他这封信，看看他的辛勤，他的执着，他的爱工作胜过爱自己的精神，还有，在这一切后面的别的值得更深长思的东西。

（二〇一〇年九月）

我和李普

和李普第一次见面是什么时候，在什么地方，已经记不得了。他写给我的第一封信，末云“八月十八晨三时，半夜醒来，不复成寐，乃写此信”，年份应该在一九八一年。信中建议我将《走向世界丛书》的叙论（导言）辑为一书，交给新华出版社出版。当时我还只写了十三篇，成书还嫌单薄，感到为难。李普却极力鼓动说：

> 我作为一个读者，确实很希望更多地知道些东西。你写这些文章（按指丛书叙论），看了不少书，查了不少资料，不多写点出来介绍给读者，不是也很可惜吗？再花一点功夫，也未必太费事吧？我很想鼓动你干这件事，如何？

真可谓动之以情，晓之以理了。

李普比我年长一十三岁。我一九四九年开始学当新闻记者，还没有学成就“开缺”了。他的“记龄”早我十年，这时已是新华社总社的副社长，除了是湖南同乡这一点外，和我并无半点“关系”，仅仅看了几本《走向世界丛书》，就在凌晨三点爬起来给我写信，是不是惊醒了沈容，挨了她的骂呢？这种对书对文字的热情，在一般三八式老干部身上，是并不多见的，也是我深为感动的。

后来我写的书在北京中华书局出版了，我正好到北京开会，拿了本新书到三里河李普家去送给他，并对书稿没给新华出版社表示歉意。这些几句话就说完了，但李普、沈容夫妇热情地留下我扯谈，并留吃中饭。沈容说：“我为你做发菜，这可是我的拿手，难得吃到的哟！”那天他们的女儿亢美正好在家，沈容满面春风，老太太显得比小姑娘活跃得多。她进厨房忙乎一气，又来客厅听我和李普“乱谈”一气。我们从湘乡烘糕、永丰辣酱（李普是湘乡永丰人）谈到曾国藩，又从谭嗣同、大刀王五谈到平江不肖生的武侠小说，最后谈到了平江人李锐。李普说：“我这位同乡（曾国藩）和你这位同乡（李锐），都是值得认认真真写一写的啊！”

从北京回长沙后不久，我就发病了，在马王堆疗养院住了八个月。李普到新华社湖南分社来听说了，请分社刘见初同志带路到马王堆看我，教给我用手指“梳”头之法，说是有通经活络之效。我于“气功”向来不怎么相信，人又极懒，硬是没“梳”过一回。当时他大约也觉察到了我的不热心，于是再三叮嘱："要以曾国藩为戒啊，太拼命，是会要短命的呢！"他那位同乡只活了六十一岁，确实是短命，但也只有像打开南京那样才叫拼命，写点小文章，讲点风凉话，是无须拼命，也确实不曾拼命的。

又过了几年，在一九八六年至一九八七年间，李普和沈容再来长沙，又枉顾寒舍一回，这一回就更有意思了。当时我住在一条名叫惜字公庄的小巷内，汽车开不进，家里又没装电话。适逢下雨，敲门进屋时，他俩的头发和衣服都打湿了。这天正好是星期天，朱纯和孩子们都不在家。坐下以后，沈容要喝水，我一拿热水瓶，里面却是空的，忙到厨房去烧水，却不会打开煤气灶，只好请他俩自己动手。为此我们三个人都笑了，沈容是又发现了一个不会做家务的书呆子的开心的笑，李普是理解和宽容的笑，我则是无可奈何的苦笑。

一九九三年我离休后，一度计划用一两年时间，到北京去寻读一点书，这得先找个不必花钱的住处，自己开伙。卢跃刚愿意借房子给我，但那儿距北海（我要寻的书在文津街老书库）太远，车路不便，只好放弃。李普得知后，一连给我写了好几封信。七月十七日信云：

> 你一人来也好，贤伉俪一起来也好，均所欢迎。每天跑图书馆，天天打的支出太大，上下公共汽车也要有人照顾才好。住毫无问题，想住多久住多久。

十月十一日信云：

> 吃饭不用你操心，沈容特别要我说清这一点。她说，如果你一个人来，三人吃饭跟现在我和她两人吃饭一样做，并不多费事；如贤伉俪同来，则沈容与尊夫人一同做饭。总而言之一句话，热烈欢迎。何时来，住多久，悉听尊便。吃饭毫无问题，绝不要你操心。

此时李普家已迁居宣武门外西大街新华社总社院内，有公交车直达北海，十分方便。他家住八楼一大套，另有一个单间，但不能另行开伙。他们越是说“吃饭毫无问题”，我倒是越不敢去住了，因为长住那里每天三顿都去外面吃，会显得矫情，不这样吧，又怎能让两位年过七旬的“副部级”天天给我做饭？踌躇久之，仍然下不了去叨扰的决心。延至一九九四年初又一次发病，愈后身体大不如前，还想做点事情的心也冷了，北京也就不去了。

这里写的尽是一些琐屑，不涉及党国大事，也不涉及学问文章。但从这些琐屑中正可以看出李普这个人的性情和色彩，也是这么多年来我一直“即之也温”，愿意和他保持联系，愿意跟他做朋友的原因。

前年底沈容去世，李普所受的打击是巨大的。在为沈容的离去而难过时，我也为李普承受住了打击没有趴下而欣慰。在读过作为讣文寄下的《红色记忆》和书前的贴条以后，我十分追念单纯而热情的沈容，也十分忻慕李普曾有这样一位贤妻。我想，在回顾自己的一生时，李普应该是不会有什么遗憾的了。

中国古时最重五伦，“朋友”在五伦中居末，我却以为是最根本的。比如说夫妇吧，李普沈容可算是理想的一对，就因为他们既是夫妇，同时又是最好的朋友。父子如大仲马、小仲马，兄弟如苏轼、苏辙，亦莫不如此。那么有没有理想的君臣呢？如果有的话，我想也应该首先是朋友吧。孟子曰，“君之视臣如手足，则臣视君如腹心”，能以手足腹心相待，则去朋友不远矣。当然，像刘邦朱元璋那样“视臣如土芥”，一批批地整死，不仅毫无朋友之情，也绝不讲朋友之义，那就只会得到“则臣视君如寇仇”的结果，彼此都灭绝伦常，灭绝人性了。话说到这份上，似乎有点离题，质之李普，以为然乎否也？

（二〇〇六年五月）

父亲的泪眼

我这一辈子，只见父亲哭过一回。

那是一九四九年六月，我在长沙文艺中学读高二，是校内公认的左倾学生。本来到了放暑假的时候，但地下党要求学生“留校护校”，说是快解放了，要留下来保护校产。学校里的三青团则坚持如期放假，要停止开伙，分掉伙食节馀，于是打了起来。现在我右眼眶眉棱骨处的旧伤痕，便是当时被打的痕迹。

头破血流地被送进医院，校长通知了父亲。躺在病床上看到他推门进来，直勾勾望着我的是一双泪眼。在床边坐下后，只哽咽着说了句，“打成了这个样子”，他就哭出了声。我这一辈子，只见父亲哭过这一回。

父亲是个读书不少但对世事了解不多的书呆子。一九五八年，我被打成右派开除，要送劳教，按“政策”可以申请回家自谋生活。我父亲商量，他却说："我看去劳教也没什么不好，就当成是出国留洋好了。"从前有条件的人家，子弟结婚生子后，才会送出国留洋。这时我也结了婚生了孩子，所以父亲这样说。他以为去劳教和去留洋差不多，都是离家几年再回来做事，我真被他弄得哭笑不得。但结果他还是依了我，向统战部写信，将我接回了家。

一辈子最感激父亲的倒并不是这件事，而是小时候他不管我，让我自己看书，不像别家小朋友，连环图画都得躲着看。我与父亲之间的代沟很宽，他五十多岁才生我，相差两代人。从年龄上讲，他是我的祖父辈，"丈夫爱怜少子"，所以对我一点也不严。从四五岁开始识字看书起，我想看什么书，爱看什么书，都可以，他基本上不管。

父亲是光绪四年的人，应科举成了"佾生"，又进时务学堂，是梁启超的学生。后来他学数学，教数学，我的数学偏生学得不好。他晚年读庄子，读佛经，我也读不懂。

说是说不管，但父亲还是很关心我的。差不多十岁时，在平江老家，父亲有次从长沙回来，发现有位堂叔父给我看《金瓶梅》，是那种线装木刻有插图的本子。堂叔是有意要捉弄我，故意让我看那些木刻的"妖精打架"，我其实看不懂。父亲一见，问清了来由，抓起一根竹杠子就追着堂叔打，却并没打我。那次父亲真是生气了，满脸通红，厉声责骂他的堂弟："你要害我，也不能这样害哪，下流胚子！祖宗有灵，也要你不得好死！"现在想起来，老家中的那位庆叔也确实荒唐，他比父亲至少要小二十岁，“读书不成”，当“少老爷”，几次从妓院里讨回姨太太，过一两年又“打发”走，父亲从来就不许我往他屋子里去的。老家那座大宅院够糟的，但父亲早就离开了老家，在外面读书、教书，直至解放后成为文史馆员。

父亲是一九六五年秋天去世的，享年八十八岁。和他同活在世上的三十五年中，我就只见他哭过这一回。他老人家去世已经四十七年，我也年过八十了。直到如今，每当想起父亲时，浮现在我面前的，还是老人家的一双泪眼。

（二〇一二年三月）

水浒葉子的往事

葉子即纸牌，水浒葉子即画有《水浒传》人物的纸牌。读《藏书报》上王嘉陵文，知李一氓生前赠与四川图书馆的明刻《陈老莲水浒葉子》已入编国家珍贵古籍保护名录，并且有了“再造本”。文中还提到了我，说：

“在川图善本库里，和《陈老莲水浒葉子》同架放置的，还有一册比巴掌稍大的油印本水浒葉子，附有锺叔河八二年致李一氓函，讲述了‘文革’时期锺于狱中摹刻水浒葉子的往事……”

往事难忘，今日重提，却得从更早些时说起。抗战前进幼稚园，我即迷上了图画书，列那狐和阿丽思，都曾是那时的最爱。不幸“七七”卢沟桥一声炮响，刚要报名读小学的我，被送往山区的祖屋（父亲民国前即已离此来省城）。那里并没有一本新童话书，多的却是刻本和石印的旧小说，半文半白的文字起初看不懂，便只能看插图。

老宅院中没玩伴，却有长辈管着，正经功课还得念。闲暇时，我就全泡在小说书中了。才子佳人的绣像，本本书中差不多，比较乏味。舞刀使棒的看起来才各有不同，最感兴趣的则是“绝龙岭闻仲归天”和“乱蟠桃大圣偷丹”之类的，热闹得好。一眨眼几年过去，《封神》和《西游》的字句也大致通解了。

十一岁那年冬天，偶尔上楼（楼上不住人的），从书柜中寻得一函《绘图第五才子书》，原以为亦不过《七侠五义》《平山冷燕》一流，一看才知道是有“圣叹外书”的七十回《水浒》。每回书前画的全是活生生的人，而且都有各式各样的动作。“倒拔垂杨柳”“大闹野猪林”“雪夜上梁山”“智取生辰纲”，一幅幅都画得那么精神，那么生动。书中所写“路见不平一声吼，该出手时就出手”的好汉们，比起跨黑麒麟的闻太师、驾筋斗云的孙行者来，也更能赢得我这个小学生幼稚的佩服。虽然明明知道，这些同样是想学也学不来的。

很快将《水浒》看完，三十六天罡七十二地煞的大名、绰号和星宿全记住了，便想将百零八将的单像描画出来，订成一册。其实早两年我就开始了描绣像，将一张“丁贡纸”蒙在书页上，跟习字描红那样，用毛笔一笔一笔把书上的画拓描下来。这是喜欢画却不会画的笨人笨办法，无人传授指点，完全是自己试着干起来的。最早完成的作品是《隋唐演义》里的十八条好汉，从第一条李元霸到第十八条单雄信。木刻本上的原图比较大，线条也简单些。《五才子书》却是石印本，更难描画，百零八人的单像也很难找齐，结果未能完成。还记得“黑旋风斗浪里白条”那一幅描了好几回，总是一笔出错，前功尽弃，想起来够辛苦的。但当时不仅不觉得苦，还自得其乐，乐在其中。

和《水浒》的情分就是这样开始的，得知陈老莲和他的水浒葉子，却又过了四五年，已在抗战胜利回省城读高中之后了。乡里孩子进了城，目迷五色，一下子见到那么多书，读都读不赢。一读就觉得喜欢，以后还总是要读的，有一本《陶庵梦忆》，中学生不知选择版本，是从一种“美化文学名著丛刊”中读到的。张岱笔下的人和事，令我忻慕不已，浮想连翩：人如闵老子、姚简叔……还有“怅怅向余曰，如此好月，拥被卧耶”的陈章侯，也就是陈老莲；事如“金山夜戏”“西湖七月半”……还有“遂使宋江兄弟，复睹汉官威仪”的“水浒牌”，也就是水浒葉子。

张岱云写陈老莲“画水浒四十人”，“古貌古服，古兜鍪，古铠胄，古器械……英雄忠义之气，郁郁芊芊”，正是我浮想连翩中的英雄。只恨一直没法见到陈老莲作品的原刻，那“水浒四十人”究竟画成了什么样子呢，——本来这也太超过一个中学生的能力了吧。

张岱爱美，追求美，所以他才写陈老莲，写水浒葉子。我也爱美，追求美，所以我才喜欢张岱，为他写的陈老莲和水浒葉子浮想联翩。张岱将自己的写作形容为“一番梦呓”，不禁令我想起前人的诗句：“书生梦呓供姗笑，万众纷纷入网罗。”张岱写的人和事，结局是“繁华靡丽，过眼皆空”；我的浮想连翩，更似“彩云易散琉璃脆”。张岱他还能“披发入山”，继续写书；我则只能两人共一副手铐，被铐起来送入“湖南省第三劳改队”，一关就是九年。

劳改队位于井冈山西麓的茶陵县境内，对外叫洣江茶场。几千名犯人分编六个队，五个队都种茶，只有六队是工业队，制造茶叶加工机械。一九五七年“反右”被开除，我没了工资收入，凭着小时候描摹插图练就的一点“手性”，便以描绘机械图纸维生，到一九七一年来洣江茶场时，已经干过十几年，可称熟练了。于是便将我派到六队绘图室，“改造任务”则是从设计绘图、描图晒图到去车间帮操作工看图纸。同时还要兼着“搞宣传”，在监房内办黑板报，印发学习资料什么的。对于我来说，设计绘图并不难，“搞宣传”则怕出纰漏，感到为难，但为难也得搞。

过后才发现，“搞宣传”对自己也有好处：一是有限的书报能先看到，二是收工后和休息日不会再被派别的劳役，三是可以和其他队“搞宣传”的犯人互相往来。三队的俞润泉是老熟人，二队的胡君里学过美术，后来刻印水浒葉子，他二人都出了力。

刻印水浒葉子是一九七六年的事，这时我已被关六年，用牢话说“快要关蠢了”。但这一年来得很不寻常，一开头就天崩地坼（吉林陨星，唐山地震），颇有点山雨欲来风满楼的样子。监房里跟着监房外头搞学习，也由照本宣科天天读，一变而为“评水浒”，讲起“屏晁盖于一百零八人之外”的故事来了。

有一天，管教队长忽然来说，要办一个“结合评水浒反右倾翻案”的图片展览对犯人进行教育，叫我策划进行。他给了我一大堆画报，说图片可以从上头剪；又给了我上中下三册新印的《水浒全传》，说：“宋江是投降派要批判，李逵是造反派要宣传，都没有现成的图像，你看看书上有没有？”特别交代书不能弄坏，得妥善归还。更妙的是“可以将别队搞宣传的犯人调来，画的画，写的写”。

他一面说，我一面翻看《水浒全传》，一看就乐了，书中的插图，不就是陈老莲的水浒葉子吗？于是立刻动起念头，要趁此机会将这四十幅水浒人物像摹刻出来。俞润泉、胡君里来后，和他们商量，都十分赞同。于是我先定妥版式，图像只能照着书上一般大小，外加版框，做成三寸来宽五寸来高的“巾箱本”；版框还得套色，使黑色的图像更加突出鲜明。俞润泉自告奋勇刻印版框，红、蓝、绿色各印了一些，相当好看。摹刻图像我叫胡君里干，他却说无法在厚厚的书本上刻蜡纸，因为从来没这么干过。于是只好由我先用绘图笔尖蘸上墨汁在描图纸上将插图描下来，再将油印蜡纸蒙在描图纸上勾出线条，然后交给胡刻钢版。胡君里刻钢版的本领的确不错，我描勾的只是轮廓，他却能对照书上的插图，摹刻得相当逼真，很不容易。

做这件事情，当然先要得到管教队长的批准，至少是默许。为此我特别写下了这样一节说明：“在评论《水浒》的宣传中，往往感到人物画的资料缺乏，对当时的服装、器物等不熟悉。

上海人民出版社重印的《水浒全传》中，印出了明朝画家陈洪绶（老莲）所画的水浒葉子四十帧，是传世有名的水浒人物画，特将其摹刻油印出来，以供参考。水浒葉子原作的创作思想、艺术手法，和《水浒》这部书是互为表里、完全一致的。在根据毛主席的指示评论《水浒》的同时，对水浒葉子也可以而且应该进行必要的评说。”

说明稿拿给队长看过，他表示认可，只在最后面加上一行：“洣江茶场六队、二队宣传组，一九七六年七月。”其实洣江茶场也好，六队、二队也好，都并没设什么宣传组，只有两个“搞宣传”的犯人锺叔河和胡君里（俞润泉在三队）。

四十幅版框套色的水浒葉子印成，俞润泉又印了两页毛主席语录、《人民日报》社论摘要和我写的说明，再加上题名“水浒人物”的封面，事情就算是做成了。

人物图像的蜡纸，因为经过我和胡君里两次描摹，无法多印，加上损耗，成品只有几十本。队长拿去了一些，“搞宣传”的各拿了几本，我处还有十多本。自知劳改队风云难测，赶快给长沙家里和朱正、张志浩、王怡德各寄去一本。果然，“水浒这部书，好就好在投降……”的语录油墨还未干，毛主席就去世了。这真是天崩地坼啊，一时如临大敌，犯人噤若寒蝉，监房内大检查，剩下的《水浒人物》全被拿走。我麻着胆子，假意遗落在图纸堆中了，才留下了一本。好在没紧张多久，“四人帮”一倒台，“山雨”终于变成了甘霖。

一九七九年我平反出狱，到了出版社编书。一九八二年三月初，忽得通知去北京开会，通知上盖的是一颗公章“国务院古籍整理出版规划小组”，另一颗私章“李一氓”。对李一氓我本无所知，只看过一九八一年出版的一册《一氓题跋》，其中有篇《陈老莲水浒葉子跋》，知道他藏有明刻本，看来与我“有同好焉”。于是便带着自己留下的那本油印的水浒葉子去开会，心想如有机会给他看看，也许能赚得明刻本一观，饱饱眼福。

会期八天，我分在第四组（专史组），与白寿彝、季羡林、夏鼐、谭其骧诸先生一起讨论规划，忙着记下他们的精彩论述，又要为新编曾国藩全集几次发言争取（原来只规划影印刻本《曾文正公全集》），实在是忙。休息时来访者和要拜访的人又多，总要到夜深才能入睡。有次午餐时，李一氓屈尊来我座旁，询及《走向世界丛书》，说有部由缅甸去英国的人留下的刻本可以相送。我知道他说的是王芝的《海客日谭》，已经有了复印件，无须再要刻本，便只跟他谈《曾国藩全集》的事，也想到了水浒葉子，可书又不在身边。很快身旁便聚拢了好些人，都想找他上项目批经费，也有专门为了套近乎的。我不习惯这种场合，只得匆匆离席。会后又忙于别的事，特意带往北京的水浒葉子又带回了长沙。

一个多月后，李一氓派他的秘书来长，有所咨询。我才将“比巴掌稍大的”油印本水浒葉子托带给他，并给他写了如今“在川图善本库里，和《陈老莲水浒葉子》同架放置的”那封信。

李一氓逝世于一九九〇年，一九八二年至一九八九年，他曾多次给予我鼓励和帮助，这些不必说了。我写的《潘汉年夫妇在洣江茶场》一文发表后，收到了他写出裱好寄来的一首诗，落的上下款是“无题书奉叔河同志雅鉴，李一氓”。钤的印章为“李一氓八十以后书”，右上角还钤有一颗朱文印“长征战士之一”。

“长征战士之一”写得出感慨“电闪雷鸣五十春”、悲伤“空弹瑶瑟韵难成”的诗，这恐怕和他懂得陈老莲和水浒葉子（当然也懂得张岱的文章好）不无关系吧。

往事难忘，故人易老，但水浒葉子是会长存的，我想。

胡俞二君均已作古，我都写了纪念文章（见《小西门集》），对胡“用钢版铁笔摹刻”的技艺表示“叹服”。李一氓逝世二十三年了，他一九二五年入党，当到了中纪委副书记、中顾委常委，还能热爱文化，能发现并珍重真正有价值的作品，这种胸襟和见识真值得景仰和效法。

（二〇一三年七月）

辑二

“走向世界”及其他

柏林寺访书

为了搜集清人出国载记，我们四出访书，于一九七九年底到了北京。岁暮天寒，又下了大雪，虽然东单和王府井一带仍旧熙熙攘攘，到雍和宫大街就行人冷落了。拐进戏楼胡同，这条还没有动手术改造的小胡同里，阒无一人，在雪中显出一种寂静之美。一百多年来一直不为人知的国人巴黎公社目击记《三述奇》的稿本，就收藏在这条胡同尽头的柏林寺里。

《三述奇》的作者张德彝，一八四七年（清道光二十七年）出生于柏林寺附近龙王庙胡同一户普通旗民家中，少时进了清廷开办的第一所外语学校同文馆，卒业后到总理各国事务衙门当翻译，后来一直在外交界服务，最终做到了出使英国大臣。他一生八次出国，每次都写了一部日记体裁的“述奇”也就是游记。《三述奇》记他一八七一年（同治十年）随兵部侍郎崇厚出使法国，恰好遇上了普法之战和巴黎公社革命。他在巴黎、凡尔赛、波尔多等地逗留了大半年，亲历三月十七日巴黎人民起义，目击旺多姆纪念柱（他记作“万洞坊铭胜铜柱”）被毁、巴黎街垒战、公社战士壮烈牺牲等历史场面，逐日记载，写成了这部十多万字的书。

张德彝八次“述奇”（《七述奇》未成书），除了《航海述奇》和《四述奇》外，从未刊行。一九一八年张氏逝世后，全部“述奇”的稿本由次子仲英保存。一九五一年张仲英年过古稀，为了不使先人手稿因社会变动遭受损失，派儿子张祖铭将其全部交给了公家。张祖铭现在石家庄市第十五中学任教，他在一封给我的信中说：“先祖遗物，除送交国家者外，由于众所周知之原因，业已荡然。……若无先生之努力，先祖遗作恐亦无人能知，湮没于世矣！”

《三述奇》和其他“述奇”稿本，转由公家保存之后，几经周折，最后收藏在柏林寺——北京图书馆分馆。此处位于北京内城东北角，原是一座以藏经著名的古刹。但建筑和人一样，它的时运并不因肚里装的书多少而转移，很久以来，这里的香火就衰落了，远不如邻近的雍和宫。那里是雍正皇帝的“潜邸”。一九四九年以后，柏林寺没有能够作为佛教胜地保存下来，却因为有几楹藏经楼可以利用，便成了一处存放古籍的地方。

这里无旧丛林的气派，也不见新建筑的恢宏，两垛砖砌柱，一张旧木门，门外除了“戏楼胡同二号”一块门牌，再没有别的标志。全亏了北京图书馆的张玄浩先生，他看见我在北海图书馆的卡片柜里反复搜寻，又向社科参考组恳求帮助，而那里的几位中青年同志虽然热情接待，却无法解决我的问题，便主动表示关心。他是西南联大毕业生，五十年代即到图书馆工作，学识宏富，乐于助人，而且对京中各处收藏十分熟悉。他认真倾听我向他介绍了《走向世界丛书》的计划，表示非常赞赏，愿意帮助，当即画了一张路线图，指示我去柏林寺，自己又骑单车随后赶来。在管库人员的协助下，经过好几天查找，我们终于发现了这部分装八卷、用蓝色布函护封的稿本。

张先生将我们带进柏林寺后，我和同去访书的杨坚兄如入宝山，目不暇接。每天清晨，我们从北京城西的月坛北小街招待所出发，横贯全城，赶往城东北角上的柏林寺，总要到下午关门时才恋恋不舍地离开。因为实在太冷，来这里看书的人并不多，有时就只我们两个。阅览室一位六十多岁的工作人员，扎脚棉裤，老式棉鞋，一口道地的京白，升煤炉冲开水，彬彬有礼。每天我们走时他总要殷勤致意：“您走啦，您明儿早来。”就这一点，也使我们觉得古道犹存，如果不抓紧访书，真对不起这位勤勤恳恳的老者。天天从北海公园门口过身，终于连偷半天闲进去逛一下的勇气也没有，竟然将心中早想看看的北海雪景耽误了。

（一九八〇年三月）

《走向世界丛书》总序

人们常说，今天的世界，乃是一个“迅速缩小中的世界”（rapidly shrinking world）。在电视卫星、激光通信和波音747的时代，地球上各个部分之间的距离，确实好像越来越短；各国人民的互相接触和交流，也确实越来越方便和密切了。

但是只要我们回头看一看，就可以看到，仅仅在几代人以前，异国还显得那样的离奇和遥远。古代欧洲人说，中国人用小米喂一种类似蜘蛛的昆虫，喂到第五年虫肚子胀裂开，就从里面取出丝来（波桑尼阿《希腊纪事》）。古代中国人则曾经相信，西方的羊羔是从泥土里长出来的，脐带还连着大地（《旧唐书·西戎传》《渊鉴类函·边塞部九》）。这类海外奇谈，今天听起来简直不可思议，而在过去千年以来，却一直被当作权威的知识，正式记载在欧洲和中国的各种史书上。由此可见，人类的互相了解，经历了何等漫长曲折的道路。

为了探索和开辟外部世界，丰富自己的物质和精神生活，各国人民都作过许多贡献。人类文明史像记录伟大的科学家、艺术家、教育家一样，将永远铭记着张骞、玄奘、哥伦布等不朽的名字。可以这样说：一个国家和民族从古代走到现代的历史，往往也就是它的人民打开眼界和走向世界的历史。

历史的发展从来是不平衡的。当黄河、长江已经哺育出精美辉煌的古代文化时，密西西比、泰晤士、莱茵河上的居民，还在原始森林里徘徊。可是，自从地理大发现和产业革命以来，中国却渐渐地落后了。在西欧（后来还有美国和日本）实现资本主义的现代化以后，中国还是一个闭关自守的专制国家。是鸦片战争打开了中国的大门，也打开了先进的中国人的眼睛。范文澜称林则徐为清代“开眼看世界的第一人”，因为西方的坚船利炮打来时，林则徐首当其冲，他亲身感到世界在缩小，距离和壁垒再也不能把异国隔离开了。

专制统治下的中国读书人，在“严夷夏之大防”的封闭社会里度过了几千年。封闭的外壳被打破后怎么办？保守派的办法是蒙上眼睛学鸵鸟。典型的例子如慈禧太后的大学士徐桐，见到洋人就以扇蔽面。庚子年间他焚香跪求骊山老母下凡来杀尽洋人，结果骊山老母没有下凡，自己的老命却白白送掉了。林则徐、魏源等人则不同，提出要“师夷之长技以制夷”，就是要学习外国的长处，来对付外国的侵略。要学习，先得了解，于是林则徐编了《四洲志》，魏源编了《海国图志》。虽然他们没有能亲自出国去考察，书的材料靠间接采集而来，难免有许多谬误，但无论如何，地里长羊羔之类的神话毕竟逐步让位给常识了。

林则徐、魏源之后，中国读书人开始走出过去闭锁的国门，到欧美日本去学习、访问和工作。容闳一八四七年留学美国，林鍼同年前往“舌耕海外”，斌椿、张德彝一八六六年访问欧洲，王韬一八六七年受聘赴英“助译”，要算是最早的。接着出国的人渐渐多了起来，尽管其中不少是奉派去的政府官员，但他们只要去了，就不可能不接触近（现）代的文化、社会和政治思想，也就不可能不在国内发生影响。

《走向世界丛书》专收早期亲历西方的人的自述。“自从一八四〇年鸦片战争失败那时起，先进的中国人，经过千辛万苦，向西方国家寻找真理。”丛书所收虽不全是先进人物的作品，却毫无例外都是中国人走向世界的实录，都有文化的意义和历史的价值。

必须指出的一点是：从鸦片战争到辛亥革命这一历史时期中，西方国家在许多方面确实比中国先进，确实值得中国人向他们学习；但是，以强凌弱、以富压贫的民族利己主义也确实是存在的。中国人走向世界、接触西方，既有一个如何学习外国长处的问题，又有一个怎样抵抗外国侵略的问题。在这些问题上，盲目排外的人是有的，盲目崇外的人也是有的。人们的观点不同，素质不同，观察的结果自然也就不同。编者为丛书各册所写的叙论，将试着作些初步的分析，供读者参考。

“洋为中用”是我们今天的主张， 也是十九世纪先进的中国人的主张。“师夷之长技以制夷”，不也是“洋为中用”吗？当然，随着接触和认识的逐步深入，人们慢慢地看出，仅仅学一点“长技”，搞一点坚船利炮，还是不行的；要救国，只有维新；维新行不通，就只有革命。伟大的革命先行者孙中山，用他自己的话来说，也是在一八七八年出国以后，“始见轮舟之奇，沧海之阔，自是有慕西学之心，穷天地之想”，才立下了推翻清朝建立民国的大志和信心。历史无情亦有情，后人的思想和事业肯定要超越前人，但前人的足迹总可以留作后人借鉴，先行者总是值得纪念的。

今天的世界已不是十九世纪的世界，今天的中国更不是清代后期的中国。但是，世界的发展越来越快，中国的现代化还有漫长的艰难历程，我们不能不继续打开眼界，走向世界。打开眼界后，还要学会分析，分清好的和坏的。一切好的东西，要“拿来”为我所用；一切有害的东西，要实行抵制和预防。在这方面，前人的观察和体会，有些也仍然值得我们重视。

谨将这套丛书奉献给爱好历史与文化、关心中国和世界的读者，希望它能在中国现代化的事业中，起到一点微薄的作用。是为序。

（一九八〇年七月）

谈《走向世界丛书》*

——答《香港书展特刊》记者问

○请您谈谈为什么要编《走向世界丛书》。

●据我所知，《走向世界丛书》的英文译名，印成了白纸黑字的至少有三个，即：

The Outer World in Chinese Eyes

Chinese Travellers Abroad

From East to West

杨宪益先生以为第三个译名比较好，我也十分同意。丛书的凡例第一条即已开宗明义："本丛书专收一九一一年前中国

---

* 此文原载 1985 年 12 月《香港书展特刊》，题目为"我为什么要编《走向世界丛书》"。

人访向西方国家的载记（明治维新后的日本也放在西方国家的范围之内）。”所以这并不是一般的国外游记，更不是从“天朝上国”前往“四裔蛮荒”猎艳搜奇的新山海经或天方夜谭，而是近代中国知识分子“向西方国家寻找真理”的实录。From East to West，就是从古代社会走向近世文明，走向变革和开放的现代化（modernization）世界。

为什么只能是 From East to West 呢？毛泽东一九四九年的文章回答了这个问题。他写道：“自从一八四〇年鸦片战争失败那时起，先进的中国人经过千辛万苦，向西方国家寻找真理。……要救国，只有维新；要维新，只有学外国。那时的外国只有西方资本主义国家是进步的，它们成功地建设了资产阶级的现代化国家。”这段话倒确实不假。

严格意义的 From East to West 是迟至一八四〇年后才开始的，这比欧洲人 From West to East 迟了一千七百年[注]。尽管在十五世纪以前欧洲的文化一般说来低于东方，但在走向外部世界这件事情上，却不能不承认西方起步比中国早。

[注] 公元一六六年（东汉延熹九年），大秦即罗马的使者由海路来中国，此为正史所记欧人东来之始；而林鍼、容闳、罗森等人始游欧美日本，已在一千七百年以后了。前此一二八七年（元至元二十四年），出生于大都（今北京）的畏吾儿（维吾尔）人巴琐马（Bar Souma），曾奉伊尔汗之命出使欧洲；一七〇七年（清康熙四十六年），山西绛州天主教徒樊守义随艾约瑟（J. A. Provana）往罗马；一七八二年（清乾隆四十七年），广东水手谢清高海上遇难为“番舶”所救，随之遍历欧美；三人均留有记述，但或久没不彰，或不为世重，于文化之影响均很微弱。

是传统的古代社会拖了中国人的后腿。落后的、分散的、“面朝黄土背朝天”的生产方式，像一条无形的锁链，把人们牢牢地拴在狭小的地面上。封建的、宗法的、迷信的观念，禁锢着人的头脑，压抑了人的精神，使人们缺少力量去想象和追求一个更广大、更丰富多彩的世界。一六〇一年，利玛窦到北京，自称从大西洋来，礼部尚书奏称：《会典》上不见有大西洋，不知所言是真是假。又过了一百八十年，主编《四库全书》的纪晓岚撰总目提要，仍旧怀疑利玛窦、艾儒略诸人介绍的五洲三洋“为自古舆图所不载……多奇异不可究诘，似不免多所夸饰”。博闻多识如纪文达公尚不免拘墟若是，他人则更无论矣。

正是由于对外部世界懵然无知，所以直到英国军舰开入广州内河，道光皇帝才急着问英吉利跟俄罗斯是否接壤，与中国有无旱路相通。黄惠田禀称英国本土“日食干粮，不敢燃火；其地黑暗，须半月日始出……”林则徐也以为英兵“腿足缠束紧密，屈伸皆所不便”，上岸即不能作战。以此昏昏，对彼昭昭，挨打吃亏自然无法避免。

愚昧和落后导致了挨打吃亏，但挨打吃亏也使人慢慢聪明起来，努力追求进步。在鸦片战争、五口通商以后，中国的读书人终于走出长期闭锁的国门，到欧洲、美国和日本去求学、通商、考工、出使和游历，并且开始记述和传播自己在西方所看到的一切。一八四七年，林鍼“因贫思远客，觅侣往花旗”（《西海纪游草》）；同年容闳与勃朗先生“同赴新大陆，俾受完全之教育”（《西学东渐记》）；一八五四年，罗森“搭花旗火船游至日本，以助立约之事”（《日本日记》）；一八六六年，斌椿以“东土西来第一人”的身份游历欧洲（《乘槎笔记》）；一八六七年，王韬应理雅各（J. Legge）之请往英国助译中国经典（《漫游随录》）；一八六八年，志刚偕蒲安臣（A. Burlingame）出使欧美各国（《初使泰西记》）；一八七〇年，张德彝随崇厚赴法“修好”，目击一八七一年巴黎的革命和战事（《随使法国记》）；一八七六年，清朝派出第一位常驻西方国家的使臣郭嵩焘到达伦敦和巴黎（《伦敦与巴黎日记》），同年李圭到费城参加万国博览会（《环游地球新录》）；一八七七年，黄遵宪随使日本，开始对日本做系统的研究（《日本杂事诗》和《日本国志》）；一八七八年，徐建寅到德、英等国考察工矿、订购兵船（《欧游杂录》）……在这些人中，容闳、王韬、郭嵩焘、李圭、黄遵宪、徐建寅等，确实可以称为“先进的中国人”；其他人也许达不到这个标准，但眼界一经打开，亦自不能不对新的世界留下印象并在思想上产生影响。

林鍼在《西海纪游·自序》中写道：“往日之观天坐井，语判齐东；年来只测海窥蠡，气吞泰岱。”意思是说，过去自己坐井观天，把世界上的新事物都当作“齐东野语”；现在有了一点直接的接触，哪怕只能算以蠡测海吧，眼光和气概也就和原来大不相同了。李圭的思想变化更加具体生动，他说自己本来不相信“地形如球”，“今奉差出洋，得环球而游焉，乃信”。因为如果地不如球，“安能自上海东行，行尽而仍回上海，水陆共八万二千三百五十一里，不向西行半步欤？”

现在来讨论地形是否如球，似乎太幼稚了一些。但百年来“先进的中国人”，正是从五洲三洋、地球自转，进而声光化电、利炮坚船，进而工厂矿山、学堂医院，进而培根、笛卡尔、巴力门（parliament，国会）、买阿尔（mayor，民选市长）、天赋人权、物竞天择……这样一步步走过来的。郭嵩焘《伦敦与巴黎日记》内容最为丰富，光绪三年（公元一八七七年）十月二十九日记云：“英国讲实学者，肇自比耕（培根）……同时言天文有格力里渥（伽利略），亦创为新说，谓日不动而地绕之以动……相距二百三四十年间，欧洲各国日趋于富强，推求其源，皆学问考核之功也。”十一月十八日论英国政治：“推原其立国本末，所以持久而国势益张者，则在巴力门议政院有维持国是之义，设买阿尔治民有顺从民愿之情。二者相持，是以君与民交相维系，迭盛迭衰，而立国千余年终以不敝，人才学问相承以起，而皆有以自效。……中国秦汉以来二千余年适得其反，能辨此者鲜矣！”

“走向世界”以后，随时想到的还是自己的国家。郭嵩焘如此，容闳、黄遵宪等人莫不如此，伟大的孙中山先生亦复如此。用孙先生自己的话来说，他也是在一八七八年出国以后，“始见轮舟之奇，沧海之阔，自是有慕西学之心，穷天地之想”，才立下了“恢复中华、创立民国”的大志和信心。“要救国，只有维新”；维新行不通，就只有革命。——这就是一八四〇年至一九一一年中国人“走向世界”得出的结论。

为了编辑《走向世界丛书》，我前后浏览过两百多种一九一一年以前中国人亲历西方的载记，从中选出一百种编成这部丛书，现已出齐第一辑三十六种，在每种书前都写有一篇叙论，评介文与其人。在这些叙论的基础上，我写成一本近四十万字的书，承中华书局愿为出版，书名也叫《走向世界》。钱锺书先生破例为此书写的一篇序，真可谓语重心长：

> “走向世界”？那还用说！难道能够不“走向”它而走出它吗？哪怕你不情不愿，两脚仿佛拖着铁镣和铁球，你也只好“走向”这世界，因为你绝没有办法走出这世界，即使两脚生了翅膀。……在我们日常生活里，有时大开着门和窗；有时只开了或半开了窗，却关上门；有时门和窗都紧闭，只留下门窗缝和钥匙孔透些儿气。门窗洞开，难保屋子里的老弱不伤风着凉；门窗牢闭，又怕屋子里人多，会气闷窒息；门窗半开半掩，也许在效果上反而像男女“搞对象”的半推半就。……叔河同志的这一系列文章，中肯扎实，不仅丰富了我们的知识，而且很能够引导我们提出问题。

钱先生对拙著的评价很使我惶愧，但如果把“叔河同志的这一系列文章”换成“《走向世界》这一部丛书”，我倒可以大大方方地表示赞同。正如丛书总序所云：“历史无情亦有情，后人的思想和事业肯定要超越前人，但前人的足迹总可以留作后人借鉴，先行者总是值得纪念的。”《走向世界丛书》一百种，等于近代中国从闭关自守到对外开放这个历史过程的一百个断面和侧面。当改革和开放已经被确定为国策但还在不断受到干扰和怀疑的今天，回看第一代“走向世界”的知识分子们所走过的道路，至少可以起到一点帮助打开门窗而又防止伤风感冒的作用吧。

《走向世界丛书》忆谈

《走向世界丛书》的编辑工作，开始于二十年前（一九七九年）我到湖南人民出版社当编辑的时候。第一种《环游地球新录》于一九八〇年八月由该社出版，我在丛书的总序中写道：

> “洋为中用”是我们今天的主张，也是十九世纪先进的中国人的主张。“师夷之长技以制夷”，不也是洋为中用吗？当然，随着接触和认识的逐步深入，人们慢慢地看出，仅仅学一点“长技”，搞一点坚船利炮，还是不行的；要救国，只有维新；维新行不通，就只有革命。……历史无情亦有情，后人的思想和事业肯定要超越前人，但前人的足迹总可以留作后人借鉴，先行者总是值得纪念的。

丛书就是为了借鉴和纪念而编的，第一辑三十六种出齐是一九八六年的事，去今已一十五年，我离休亦已近五年，再来谈它，却难免被认为是在炒冷饭。但这篇总序因为收入了自己的文集，像老疮疤似的，有时总不禁要翻出来看看，每当重新看到上面这一节，心潮仍起伏难平，二十年前编辑出版这套丛书的目的，到底达到了没有呢？

当然，经济建设的巨大成绩是有目共睹的，长沙市里的马路也拓宽了，修多了，路旁的高楼大厦立起来不少。我自己所在的单位，便拆掉了原来矮小的房子（《走向世界丛书》就是在那座五十年代盖的房子里编成的），建成了一栋三十层的高楼，电梯、空调都用上了“高科技”。我虽非“厅局级”，却也在二十层上分到了一套四室两厅，即将爬上去。但是，前辈们“走向世界”的梦想，即把德先生和赛先生请到中国来，究竟做到了没有呢？

丛书前几种出版后，钱锺书先生要董秀玉女士领我去他家见面，建议我将二十多篇序文（叙论）印成一册，并破例为之作序。序中最有趣的一段文字，是把改革开放比作打开门窗，说：

> 门窗洞开，难保屋子里的老弱不伤风着凉；门窗牢闭，又怕屋子里人多，会气闷窒息；门窗半开半掩，也许在效果上反而像男女“搞对象”的半推半就。

这里说的“半推半就”，正好是对我的形容。说老实话，我这个人是惊弓之鸟，为天下先的勇气是不足的，也没那个本事，编《走向世界丛书》，亦不过是半推半就地想为改革开放打打边鼓而已。

今天编者先生叫我来炒这盘冷饭，说明他能体会我当年编书的用心。二十年了，至今还有人这样做，我不能不表示感激。还记得李一氓先生看到丛书第一辑后，曾写信给我道：

> 这套书这样一弄，真可以传之万世了。你写的那些导言尤有意义。可惜搞改革的、搞近代史的，多没有注意及此，是否再搞些宣传工作？

我向来不喜作宣传，当时亦无暇及此，辜负了他的关心，此则不能不表示遗憾。

（一九九九年九月）

发人深省的力量*

——答《新京报》记者问

○是“文革”中的遭遇促使您来做《走向世界丛书》的吗？

●我七十年代坐牢的时候反复思索过一个问题，怎么像我这样的人被关到监狱里来了呢？结论是：“文革”使中国脱离了世界文明的正轨，走上了错路。而其所以如此，所有中国人尤其是中国的知识分子，包括我们自己，这几十年来的作为或不作为，也是有责任的，我们实际上是被自己关起来了。

○您再进一步反思的结果是什么？

●中国的问题，不是哪一个人受屈不受屈，受的待遇公正不公正的问题，归根结蒂是一个要不要走向世界、能不能走向

---

* 此文原载2008年5月24日《新京报》，原题为“我求得发人深省的力量”，记者武云溥。

世界的问题。走向世界，不是说我们要过外国人的生活，买奔驰、林肯牌轿车，而是要走向全球文明。我编《走向世界丛书》，是有这么一点理念的，不仅是因为这些书原来少有人注意，可以翻出来整理出版，替出版社赚点名声这么功利，这么简单。

○您怎么看待东西方文化的差异？

●这里首先要弄清楚，是不是一讲全球文明，就是要全盘西化，看不起我们自己的传统呢？中国的确是一个有几千年文明的古国，我从来不看轻古老中国的传统文化。追求文明，追求民主自由，也是先进的中国人（任何时候任何人群中都有先进的人）自古就有的优良传统。一听见讲民主自由就说在搞“西化”，恰恰是不了解、不珍重自己传统文化的表现，是心虚的表现。中国传统文化主流倾向于保守，保守正说明它内涵丰富；赤贫户“三块石头一瓦罐”，便没什么要保守，也不会保守了。这丰富的内涵里，便包含有民主自由的精神，为什么不加以发扬呢？中国的传统，是不赞成钳制言论自由的，有“防民之口，胜于防川”的告诫；也是可以议论政治的，有“天下有道则庶民不议”的说法，有道则庶民不议，无道则庶民可议了。

○《走向世界丛书》对今天的读者有什么样的意义？

●你们《新京报》二〇〇六年一月六日登过一篇文章，叫作《重读〈走向世界丛书〉》，湖南看不到《新京报》，我前几天才知道。作者是陆建德，是中国社科院外国文学研究所副所长。

陆先生说，二十年后他重读一九八六年出版的《走向世界丛书》，感触仍然很多。张德彝光绪六年在英国的日记，记述了伦敦的一个马车夫因为鞭打自己的马过重，被罚款并监禁一月，因而感觉到，英国这个国家很好，法理总是顾及人情，马尚且不能乱打，何况是人？陆先生说，这件小事，无论在一百二十年前还是在今天，都有发人深省的力量。这就回答了你提出的问题了。

○但是看的角度会有不同吧？

●我编的这套书，是十九世纪末的人写的，到现在一百多年了。这套书最后一本是一九八六年出版的，到现在也已经二十二年了。至今还有人看，说明一百多年前的人对西方世界的观察至今还有意义，一百多年前开始的过程还没有完成。我们说还没有完成，好像是讲缺点，其实不是的。不是我们不爱中国，而是爱得很，爱得很才会希望他快点进步。我们提倡爱国，就首先要努力使中国更文明、更进步，使中国更可爱。

○为什么没有出齐这套书？

●本来准备要出版一百种，但是出到三十六种我就因为“落选”离开岳麓书社了。中国的事向来是人去政熄，你在的时候你做，你走了之后就没有人做了。

○你选书的标准是什么？

●有内容，讲真话。“务虚”的、空议论的文字我不收，只收实地观察的见闻和以事实为依据的观感。

我编的书，郭嵩焘也好，曾国藩也好，周作人也好，《走向世界丛书》也好，目的都是为了帮助人们了解历史和文化，了解自己的昨天和今天，思考自己的明天。我觉得我们的明天应该是北京奥运口号所讲的One World，也就是真正走向世界，共享全球文明。曾国藩是旧时代旧文化的代表，是那个时代里能力最强的人，这样强的人也挽救不了大局，这就说明这个统治和文化确实是要败亡了。他个人可以说是成功的，但整个体制是无可挽回地走向了末路。

我的思想可能有偏颇，也不够深刻，可这是我的思想。我在《走向世界·后记》里写过：“我的杯很小，但我用我的杯喝水。”这是法国诗人缪赛的诗句，是我工作和生活的座右铭。

《走向世界丛书》修订重版前言

《走向世界丛书》的第一本，是一九八〇年八月印行的，一九八六年二月印出了第一辑三十六种的最后一本。时间已经过去二十多年，“走向世界”看来仍须努力。

好在现在岳麓书社终于决定重印这部丛书了。

作为丛书的编者和各书叙论的作者，我当然是希望丛书能够重印的，尤其是近两年来遇到了下面三件事情之后。

第一件事情是，二〇〇六年元月六日，《新京报》请一百位学人各写一则短文，介绍他去年最爱读的一本新书；有个人没有介绍新书，介绍的却是二十年前出版的《走向世界丛书》。此人名陆建德，是剑桥的博士、社科院的研究员，他举张德彝所述伦敦一车夫因鞭打马匹过甚被罚款并监禁一事为例，说“丛书所收著作，在十九世纪末二十世纪初开了国人的眼界，同时又让读者意识到，身边很多习以为常的小事，其实都是值得关注和检讨的。时至今日，这套丛书读来，依然具有让人不安的力量”。

我不识陆君，《新京报》也是偶然看到的，看后却不能不佩服他的善读。人们读书，或求充实，或求愉悦，都无可厚非，但能从书中感受到“让人不安的力量”者盖鲜。《走向世界丛书》的作者未必都有郭嵩焘那样深刻的见解和梁启超那样生动的文笔，如张德彝者无非一同文馆出身的平凡外交官，但他亦有一特长，便是在外国看得多，记得细，连伦敦车夫鞭马过甚被罚这样的小事都记了下来。而能从此类记述中看到全球文明的愿景，联想起此时此地活取熊胆踏死小猫之类行径，从而感到不安，这不安便不会不成为“走向世界”的催化剂。陆君在这里用上了“力量”一词，真有会心，令我佩服。

《走向世界丛书》本不是什么供人们消遣的书，但像陆君这样不怕思想不安的人总还会有，而旧书难得，听说在网上已经卖到几百元上千元一册，则重印自不可缓了。

第二件事情是，二〇〇七年夏天，岳麓书社杨君托人带来一篇海外出版的史学论文，论文作者王尔敏是加拿大多伦多大学教授、台湾“中研院”近代史所研究员。过去编《走向世界丛书》时，我曾向他请教，获益良多，又蒙惠寄著作多种，我也寄过书给他，但久已不通音问。这篇题为《总理衙门命使试探：斌椿之游访欧洲》的长篇论文，引言部分一开头便提到了《走向世界丛书》，说：

二十世纪八十年代起，大陆对外开放新路初露声光，而学界出版界领先风气，立即有不少重要史乘史料问世，最具卓识远见者为岳麓书社 ××× 先生所主编之《走向世界丛书》……相赠鄙人，为时已有二十年矣，不但感其厚爱，且深感其启我茫昧，导以明灯。……

当代中国政治，已是在加速对外开放，有一日千里之势。我相信 ××× 先生真是一位有世界眼光的爱国学者，足当称为时代先知。……在此类史料上言，我原不陌生，但结合国家动向而展望未来，实在敬服 ××× 先生的有心与用心，以启迪国人扩大视野，面对世界演变之新局。我当笃实地走历史学家之路，要步趋 ××× 先生的研究前轨，从外交史论域探索十九世纪官绅所做的努力。

王君对中国“走向世界”的成绩，尤其是对我在这方面所做的工作，恐怕都估计过高；但从他的论文中，确实看得出《走向世界丛书》对海外学人的影响。“走向世界”本来就不是单向而是双向的交流过程，为了使这种交流继续下去，丛书似乎也有重印的必要。

第三件事情是，今年年初，偶往书市巡阅，忽见《走向世界丛书》所收的薛福成、张德彝诸人著作，不少都被某出版社翻印了。是的，翻印，我说他们是明目张胆地翻印。薛、张诸人虽然死在七十年前，他们的著作谁都可以印，但我还没有死，我的标点分段，改错加注，还有大量的边批，这些都是诸人原著所无，按政策法令的规定，“编辑版权”都是另有归属的呀！

当然，对方可以辩说，错字你能改，我也能改；分段你可以这样分，我也可以这样分嘛。但原本没有的文字，完全是我撰写的，别人总不能一字不易地照抄吧？还有岳麓版因误排失校形成的错字，也一字不易地照错，这又作何解释呢？

我这样说，好像有点“违法必究”的样子，其实反躬自省，丛书未能及时重印，也是翻印者这样做的客观原因之一，因为读者有需要，出书有市场嘛。于是，从书市回来，我就拨通了有关的电话。

这次我所表示的希望，终于得到了湖南出版集团和岳麓书社新任负责人的理解和回应，《走向世界丛书》的重印终于启动了。无论如何，这总是令人高兴的事，虽然晚是晚了一点。

愿《走向世界丛书》能够引起更多读者的兴趣和思考，能够在中国“走向世界”的过程中起到更好的作用。

（二○○八年五月）

《走向世界》后记

“我的杯很小，但我用我的杯喝水。”（Mon verren’est pas grand, mais je bois dans mon verre.）——这是法国诗人缪赛的名句，也是我很喜欢的一种态度。真正能够不用别人的杯喝水吗？其实也未必尽然；不过有这么一点儿洁癖，就不那么容易随着大流去吃大户罢了。

将我研究近代考察西方的人和事所写的论文收集起来，加以补充修改，结果成了这样一册书。书名决定叫《走向世界》，英译则打算用杨宪益先生热心代拟的 ***From East to West***，正好和“自西徂东”配对。为了使它比较像一部讨论文化史的书，又给加上个副标题：“中国人考察西方的历史”——这便是我的杯和水了。

杯确实很小，水也只有半杯，但它们保存在我的心里，却已经整整二十七年。至于起意将其呈献出来，则不过是近两年来的事情。蒙李锐、黎澍、李普、朱正各位殷勤鼓励，友谊难忘。钱锺书先生破例为这本书写了序言，更使我衷心感激。

现在，这一小杯水总算呈献在大家面前了。杯子是不是合乎规格？杯中之水是甘还是苦呢？老实说我自己也不十分清楚。忆昔梁任公书康南海传后有云：

> 英国名相克林威尔，尝呵其画工曰：“paint me as I am！”盖恶画师之谀己，而告以勿失吾真相也。

此则犁然有当于吾心，高山仰止，虽不能至，心向往之矣。

亡友李长恭二十七年前一同在旧书店里故纸堆中寻觅过中国人最早走向世界的信息，湖南日报社处理右派时一别，竟成永诀。愿将这杯水权充一盏迟熟的村醪，酾在亡友的灵前，既奠逝者，且励来兹。

（一九八四年四月）

《走向世界》台北版序

东亚国家现代化（modernization）的结果，当然不会也根本不可能“化”出一个“全盘西化”的社会来，正如日本“中古以还瞻仰中华，出聘之车冠盖络绎，上至天时地理、官制兵备，暨夫典章制度、语言文字，至于饮食居处之细，玩好游戏之微，无一不取法乎大唐”（黄遵宪《日本国志·邻交志序》），结果也并没有“化”出一个“全盘唐化”也就是“全盘汉化”的日本来一样。

但是，在现代化初级阶段，现代化却在很大程度上不能不是西化的同义语。这道理非常简单，是发展起了近代工业、建设成功近代国家的西方列强，来打开了东方的大门，也成为东方学习的榜样。

这是中国历史上从来没有发生过的巨大变化。李鸿章、曾纪泽所说的“五千年来未有之创局”，从传统士大夫中造就了第一批有识之士，他们认识到，“虽使尧舜生于今日，必急取泰西之法推而广之，不能一日缓也”（郭嵩焘《铁路议》）。中国的郭嵩焘、李鸿章、曾纪泽、薛福成……日本的岩仓具视、木户孝允、伊藤博文、井上馨、森有礼……他们就是“自东徂西”（from east to west）的第一代人，是东亚现代化的先驱者。

划分为地区的世界结束了，古老的长城崩坏了，全球文明的新时代开始了。不以人们意志为转移的历史规律是，先进的必然会影响后进的，后进的必然要学习先进的，这就是“化”的本义。传统文明源远流长，在西方列强面前却不免相形见绌的东亚各国人民，应该向哪一边的邻人学习呢？学习北边的雅库特、通古斯人吗？学习东边大洋中的玻里尼西亚人吗？学习南边热带森林里的爪哇猿人后裔吗？显然都不可能，而只能向从西边打来的列强学习。学习他，不一定爱他亲他，也是为了对付他抵制他，“师夷之长技以制夷”，一句话就把心思说明白了。

要学习，第一步就得接触和了解，最直接的方式就是去西方实地考察。但这又谈何容易呢？中国人 from east to west，比欧洲人 from west to east 迟了一千七百年（公元一六六年，罗马皇帝即遣使通中国，而直至一八六六年，同治皇帝才派斌椿游历欧洲）。《大清律例》明文规定：“一切官员及军民人等，如有私自出洋、经商，或移住外洋海岛者，应照交通反叛律，处斩立决。府县官员，通同舞弊或知情不举者，皆斩立决；仅属失察，免死革职，永不叙用。”

私自出洋者斩立决，国家派遣的又如何呢？翰林出身的郭嵩焘，以署兵部侍郎之尊奉派出使英国，京师士大夫视为国之大耻，撰联嘲之云：

出乎其类，拔乎其萃，不见容尧舜之世；
未能事人，焉能事鬼，何必去父母之邦？

湖南乡试诸生甚至公开集议，要捣毁他家住宅。光绪十七年郭氏病卒，李鸿章奏请予谥，奉旨："郭嵩焘出使西洋，所著书籍，颇滋物议，所请着不准行。"直到他死后九年，庚子"义民"搜杀"二毛子"时，还有京官上疏："请戮郭嵩焘、丁日昌之尸以谢天下。"

由此可见，被看不见的镣铐锁在黄土地上的中国人，想要走向外部广大的、多样化的世界，是多么的艰难。

但是，我们总还得走，还得一步一步地向前走。

一八四七年，林鍼"受外国花旗聘舌耕海外"，容闳由Brown氏提携出洋读书；一八六六年，斌椿率同文馆学生张德彝游历欧洲；一八六七年，王韬应Legge氏之召赴英襄助译事；一八六八年，志刚、孙家谷偕Burlingame初使泰西；一八七六年，郭嵩焘出使英法，黎庶昌等随行，李圭赴美参观费城百年盛会；一八七七年，黄遵宪随何如璋使日，始见日本维新，李凤苞率船政学生严复等到欧洲留学；一八七八年，曾纪泽继使英法，陈兰彬出使美国，徐建寅赴欧洲购船考工：这一批就是最早离开“父母之邦”到西方（包括明治维新后的日本）实地考察的中国人。尽管他们有的是由洋人提挈，有的是由朝廷派遣，谈不到自由自主，但只要亲历了西方，就不会不接触和了解现代文明，也就不可能不在中国发生影响。

这些人程度不齐，流品各别，共同的一点是绝大多数本来都是旧式士大夫，“师夷之长技以制夷”，算是他们的最高觉悟。但是，随着接触和了解的逐步深入，人们毕竟不能不慢慢地认识到，仅仅学一点长技，办一点坚船利炮，还是不行的。造坚船利炮，就得懂化电声光；懂得了化电声光，从纽登、比耕、笛卡尔就自然走到巴力门，而他们也就从旧式士大夫变成具有初步现代观念的知识分子了。洋务办不好，会想到变法；变法行不通，就只有革命。伟大的革命者孙中山，用他自己的话来说，也是在一八七八年出国以后，“始见轮舟之奇，沧海之阔，自是有慕西学之心，穷天地之想”，才立下了恢复中华、建立民国的大志和信心。

本书所介绍的，便是上述诸人考察西方的历史。研究中国百年来的现代化历程，不能不研究这些最早直接接触和了解西方的人们留下的实录。整个中国的现代化还远未完成，老辈们曲折迂回的足迹，正好作为今人的鉴戒，不仅有历史的价值，而且有现实的意义。

书中引用的资料，是作者从阅览过的三百馀种近代国人亲历西方（包括一八五四年以后的日本）的记述中采辑出来的；另外也稍微涉及古代中西交通的文献，为了说明事情的背景。

作者还在做另一项工作，从这三百多种载记中选印一百种，编成一部丛书，通过这一百个侧面和断面，大体可觇近代中国从封闭落后状态走向近代化的全貌，从而更具体、更生动地了解这一过程的极度艰难。

本书第二十章介绍黄遵宪的日本研究，引了他《日本国志书成志感》诗中的一联。今借本书在台北出版的机会，将全诗抄录于下，以为纪念：

湖海归来气未除，忧天热血几时摅。
千秋鉴借吾妻镜，四壁图悬人境庐。
改制世方尊白统，罪言我窃比黄书。
频年风雨鸡鸣夕，洒泪挑灯自卷舒。

台湾百川书局熊逸民先生为湖南同乡，与谈及黄遵宪戊戌前在湖南的努力，辄为感叹。熊先生重读此诗，想必能谅我苦心也。

（一九八八年十一月）

钱锺书和我的书 *

中国人走向世界，就是从远东走向远西，从东方走向西方。中国人从东方走向西方的起步，比欧洲人从西方走向东方至少晚了一千七百年，这就是双方在走向外部世界上的差距。

《走向世界丛书》是我进入出版界后做的第一件工作。我到出版系统来工作的目的，就是要推出这部书。出版社是朱正介绍我来的。“文化大革命”期间，我和朱正在牢里就谈论过有关的问题，朱正《述往事，思来者》一文中也写到了，这篇文章发表在一九八二年第六期的《人物》杂志上。我那时候常考虑中国的未来，基本问题是如何使中国走向世界。如果中国能够走向世界，中国的问题就会解决。

---

* 《晨报副刊》据访谈录音整理。

杨绛（钱锺书先生的夫人）跟我去世的老伴朱纯通过一些信。杨先生今年九十八岁，是朱纯和我的前辈，朱纯是以仰慕者的心态和她通信的。早几天我又收到了她的一封信，谈到钱先生对《走向世界丛书》的关心，还有他热情为我的书《走向世界——中国人考察西方的历史》作序的故事。

钱锺书先生我原来并不认识，见到他完全是由于《读书》杂志的董秀玉（后来的三联书店总经理），她在我一九八四年一月到北京去的时候带着我去的。我这个人很怕旅行，北京至今都只去过四次，身在湖南，连湖南第一美景张家界亦从未去过，不是没机会去，机会很多，而是怕坐车。那次是指定我去北京开会，会后到了《读书》杂志，董秀玉跟我说，钱锺书、杨绛跟《读书》的关系很好，经常为《读书》杂志写文章，钱先生说湖南有套《走向世界丛书》，编书的那个人如果到北京来，希望能够见见面。董问我有兴趣去没？我说有兴趣去，她便陪着我坐公共汽车，去了三里河钱家。那时《读书》杂志好像还只是人民出版社的一个编辑室，社里的小汽车还轮不上我这样的客人，虽然范用对我很客气。

那一次我又晕了车，无法聚精会神谈话，临走时连自己的地址都没有留给钱先生。钱先生写信给我，也是寄给董秀玉托她转寄的。信中对《走向世界丛书》还原译名的错误提出了一些中肯的意见。光绪年间译名极不规范，郭嵩焘是湘阴人，就按湘阴话记音；黄遵宪是广东人，就按广东话记音。要想弄清这是什么人、什么地名，相当困难。有个同事杨坚英文比我好，

《伦敦与巴黎日记》的译名今释主要是他做的，亦难免有错，但多是我自己的错误。这是钱先生给我的第一封信 。

随后我们就通起信来。钱先生在信中说，你写的导言很有意义，最好能在这个基础上写成一本书，我愿为作序。董秀玉他们也表示愿出这本书，沈昌文、秦人路几位还约我座谈过。但当时《走向世界丛书》出书紧张，一个月出一种，薄本子，十几万字，不是现在这样厚厚的十本。每种书都要写导言，导言字数最少的一万二千字， 最长的达三万五千字，都得在一个月内写成付印，所以很忙，实在没时间另外写书。拖到三月间发了病，脑出血两立方厘米，侥幸没死，医生和家属迫令作康复治疗，在疗养院一住就是半年，才将书稿完成。碰巧中华书局李侃到长沙开会，来疗养院把它拿过去了，就是不久前第三次印行的《走向世界——近代中国知识分子考察西方的历史》（按：二〇一〇年第四次重印改名《走向世界——中国人考察西方的历史》）。书虽然没有在三联出，但是钱先生的序一直印在卷首， 这永远是我的光荣。

钱先生的序文有三份手稿在我这里。别人或者会以为钱先生有很大的架子，完全不是这样，他很随便的。他写的序，他说有意见你可以改，我也确实在上面“改”了，“改” 掉的是他对我的奖饰之词，他的文章当然不需要改。我“改”过的稿子，他又誊一遍。他自己也喜欢改，在一封写给我的信中幽默地说自己，“文改公之谥，所不敢辞”。哪怕是写一篇这样的小序，他也习惯了一改再改，硬要改到“毫发无遗憾”才行。这三份稿子，现在都在我这里。有机会的话，我想介绍一下这三稿，讲一讲钱先生作文的认真。

（二〇〇九年一月）

记钱先生作序事

《偶然集》出版后，寄了一本给杨绛先生。元旦过后收到回信，提到二十年前钱锺书先生为拙著《走向世界——中国人考察西方的历史》作序的事，有这样一句：

他生平主动愿为作序者，唯先生一人耳。

因而忆及钱先生对我的关心和帮助，真不能忘。

我与钱先生本不相识，八十年代初他看到《走向世界丛书》，发生兴趣，向《读书》的董秀玉表示愿意和我见面谈谈。一九八四年一月我到北京，董便将我带到钱家，让我第一次见到了钱杨两先生。我将丛书新出的几种送给了他们，钱先生则说了些鼓励我的话，认为各书的叙论写得不错，建议结集单行，表示愿为之作序。不巧我那天晕车，无法多请教，只表示希望他对书多提意见，便告辞了。

回湘以后，一九八四年三月下旬，就收到了钱先生所作序文的第一稿。开头一句是："我最初在《读书》里看了锺叔河同志《走向世界》的文章，感到兴趣，也起了愿望。"附信云：

弟素不肯为人作序，世所共知，兹特为兄破例，聊示微意。两周来人事猬集，今急写就呈上，请阅正。

两天后又收到序文第二稿，附信云：

今日稍暇，即将拙序改本誊清送上，请审定。我将把副本交秀玉同志。你有意见，通知我后，我会改。《历史研究》上大文昨晚细读，玉池老人有知当含笑于九泉也，甚佩甚佩。

这改本将开头一句中的"感到兴趣，也起了愿望"，改成了"感到惊喜，也忆起旧事"。类似的还有几处，都只是文字修改，虽然并不重要，亦可见前辈作文反复推敲再三斟酌的写作态度。

我比钱先生小二十一岁，学问相差更远，他却说"你有意见，通知我后，我会改"。此决非讲客气的门面话，而是学人虚受的真实表现，我当然亦只能以诚敬待之，便去信对于序文中夸奖我的话，还有一处可能引起"骂影"（指着和尚骂贼秃）

嫌疑的词句提出意见，请他考虑。我的信还没到北京，他又于三月廿八日晨寄来第三稿，附信云：

昨日寄上拙稿，想达览。今又在第一页和第三页上改动三处，请代在稿上誊正。

第一页上改动的一处，便是将开头“我最初在《读书》里看见”这九个字，改成为“我首次看见《读书》里”八个字了。第二天又收到一信，云：

序中词句又小有修改，无关弘旨，忙中不暇录副送阅。如兄认为呈稿尚过得去，请便示，我即径交《读书》。

接着三月三十一日又有来信，是回我上次去信的：

拙序佛头着秽，邀君许可，甚喜。所嘱改两处，已遵命增正，勿念。弟交秀玉稿上又有字句修饰四五处，“文改公”之谥法，所不敢辞。

这“文改公”虽然是自嘲，却也是“纪实”。他对文章字句，即使“无关弘旨”，也要一改再改，务求合适，这是多么不怕麻烦、多么认真的精神啊。

以后在钱先生和我之间，关于我去信请他修改的两处，还继续有些讨论。四月六日来信云：

尊虑甚是，弟说老实话，而读者每以为曲笔微词。如弟序内人《干校六记》谓生平最不喜《浮生六记》，而美国人译本导言云："钱某语多须反看，此句恐亦然"云云。……"骂影"之嫌，于"采访发掘"下添"找到了很有价值而久被埋没的著作，辑成……"这样似乎可减少"春秋之笔"的味道。……"强称内行"云云，则当代号称"通晓中西"之大作家名学者所撰《漫步美国》之类，均不免此讥……

"大作家名学者"的"本事"，以及先生后来谈到的许多别的事情，都是文坛掌故，极有价值。我在序文中添增的一二字句，复印了寄他审阅，亦与先生之意暗合，来信云：

昨复一函，告遵示添一句，以免"骂影"之嫌，想达。顷得挂号函及复制稿，甚感。兄所代增两处，与弟已改两处，无只字异。盖弟虽暗中摸索，而葫芦未走样也。

对于我寄去请他阅示的我自己写的《后记》，先生也提了很中肯的意见，云：

大作《后记》甚好。知得力贤内助，尤使愚夫妇忻慰

> 不已。有二处请再酌:(一)第一节中“我的杯很小……”后,宜插入“这是法国诗人缪赛的名句,也是我……”否则太突兀,而显然此语为谁说并不周知也。(二)末节关于弟处太多,使我局促不安,亦非体裁所宜。且弟与李侃同志并列,而大讲钱,只字不及李,反冷落一边,务请削去此节。兄书卓然名家,不以弟序而重。……即如“杨宪益先生的大手笔”语中“大”字,亦可省去,“借重”字亦太过。斤斤之愚,求免于俗,幸垂察焉。

都是设身处地为我着想,或帮我弥缝。后记中对钱先生表示感谢的话,其实只有一两句,并不“太多”,他却一定要我“削去”,无奈只能照办。改后寄去,先生看后才回信道:

> 读尊序(后记)改订稿,可谓毫发无遗憾矣。

于是这篇后记就这样印上了中华书局一九八五年出版的拙著《走向世界——中国人考察西方的历史》一书。此书一九九三年、二〇〇〇年和二〇一〇年三次重印,钱先生的序一直冠冕全书,我始终引以为荣。

(二〇〇四年七月)

《千秋鉴借吾妻镜》自序

《走向世界丛书》八十年代初在湖南人民出版社初版过若干种，收入本册中的文字，就是我当时为它们所写的前言，平均每个月一两天一篇。因为都是急就章，拙劣粗糙，自不能免。好在我既未冒称作家，这些亦不算作品，得以逃过批评家的法眼，亦未可知。

最早主张印这本书的是李普同志，他一九八一年“八月十八晨三时，半夜醒来不复成寐”时，给我写了封四页的信，说：“我很想鼓动你干这件事，如何？”并表示书可交由新华出版社出版。时隔四年，今年十一月二日，李一氓同志又提出了同样的建议，在给我的信中说：“［丛书］每册内各篇你的前言，集合起来印为一册，尤便翻览，未审尊意如何？”

两位李老的两个如何，终于使我下了决心。正好朱正同志在策划《骆驼丛书》，说是除了文艺类的书以外，还准备容纳一点别的内容，想把这些前言也拉去充数，这在我当然是受宠若惊的了。

霜红龛云：“老夫学庄列者也，于此间诸仁义事，实羞道之。”我也想鹦鹉学舌，来一句套话：“鄙人当编辑者也，于此间诸文艺事，实羞道之。”此非诙谐，而是不折不扣的老实话。因为自己不懂文艺，在庄严的文学殿堂前，自然羞得抬不起头，更不敢信手涂抹了。骆驼的主人能于文艺之外，采及菲葑，教我如何不伸着脖子让他拉呢？

是为序。

（一九八五年十一月）

《从东方到西方》后记

“文章自己的好，老婆别人的好”，虽是玩笑话，却合乎常人的心理。关于老婆姑不具论，若说写文章，写的人总会力求写好，至少也是自以为写好了才会拿出来，不过不一定能够达到别人的标准罢了。

我也当编辑，也有“衡文”的责任，但业馀又算半个作者，懂得作文的人的一点心思，所以对于书稿，只有合用与否一层考虑，并不霸蛮去把别人的文章改成自己的文章，干那既费力又不讨好的事。而当我以业馀作者身份行事时，当然也希望审读的同志准此办理，不讲什么文责自负之类的大话，实在无非想让自己那点隐秘的心理多少得到一点同情和理解而已。

收在本书中的二十五篇叙论，系照录《走向世界丛书》新版原文，只由我本人在文字上和个别事实上作了订正。谢谢上海人民出版社的编辑同志，他们准允了我的请求，让这二十五篇文章保持我自己写作和改定的原貌；也不将本书拉到什么“系列”里去，免得它相形见绌，徒贻附骥之讥，这实在是私心引为庆幸的事。

李一氓先生是我的文章知己。他在不知我为何许人，亦不要求我踵门求见的情况下，光凭几本《走向世界丛书》的几篇叙论，即决定召我入京参加国务院古籍整理出版规划小组会议，不止一次地肯定“丛书”整理编辑工作的学术价值，并在拙著《走向世界——中国人考察西方的历史》出版之后，一连两次写信给我，一九八五年九月二十九日的信说：

> 这套书这样一弄，真可以传之万世了。你写的那些导言尤有意义。可惜搞改革的，搞近代史的，多没有注意及此，是否再搞些宣传工作？

一九八五年十一月二日又来信说：

> 每卷内各篇你的前言，集合起来，印为一册，尤便翻览，未审尊意如何？

我回信给他，说明当时有人不赞成我写书出书，而作为丛书编者和前言作者，“再搞些宣传”亦有自我宣传之嫌；不过我还是准备接受他的建议，将前言“集合起来，印为一册”，以利愿看这些文章而不备全套丛书的读者。他收到信后，又牺牲元宵假日的休息，写来了精彩的序言，于是我便在一九八五年底把丛书初版前言十八篇辑为一册，以篇名之——《千秋鉴借吾妻镜》作书名，交给老友朱正，放在他的《骆驼丛书》系列里，交湖南人民出版社出版了。后来《走向世界丛书》转到岳麓书社改版重印，前言每篇字数由平均不到九千字增至一万六千馀字，篇数也由一十八篇增至二十五篇，便成了这本《从东方到西方——〈走向世界丛书〉叙论集》，改由上海人民出版社出版，仍将一氓先生大序弁于卷首。

将丛书叙论“集合起来，印为一册” 的主意，完全是一氓先生给我提出来的。遗憾的是，我至今只在一九八二年京西宾馆的会上见过他一面， 而且还是在餐桌上，未及深谈。现特趁本书出版的机会，向他表示我的感谢。

按一氓先生的意思，这本叙论集本来应该由印行《走向世界丛书》的岳麓书社出版，作为《走向世界丛书》的附册发行，这样才能起到“宣传”丛书的作用。可是，它却只能在上海出版。学术为天下之公器，这样固然没有什么不好，但在我却不免更增加一分对一氓先生的歉意了。

（一九八八年九月）

《从东方到西方》修订本后记

本书一九八九年十二月于上海初版，印四千册，久已售缺，而读者却还有要看的。不久前丁双平君提出，岳麓书社准备重印《走向世界丛书》，希望先将这本叙论集印行。这原是我的初志，当时因故未遂，现在自然表示同意。

趁此机会，将全书校阅一过，有不少改动。插图原来放在卷前，这次增加较多，便改放在文内。后记文字原来写得啰嗦，且有不妥，这次便重新来写几行。

丛书第一种李圭《环游地球新录》，是一九八〇年七月在湖南人民出版社古籍室完成编写，八月由该社出版的，至今已二十一年。那一篇叙论署名"谷及世"，便是"古籍室"的谐音。当时我还只有五十岁，今则年逾古稀了。关心丛书尤其关心这本叙论集、可称我文章知己的李一氓先生，更在本书初版面世两年后便不幸辞世，如今墓木已拱，怅惋曷极。

在这段时期的友朋关系中，还发生过别的不免遗憾的事情。随着时光流逝，伤痛也许可以减轻，创痕却难完全平复。总之，知己的失去是令人痛惜的，思之黯然，——也只有黯然了。

（二〇〇一年十月）

《中国本身拥有力量》自序

现代性（modernity）与传统（tradition）的冲突，是近代文化思想史上最基本的事实，但如果认为此二者绝不相容，又势必导致现代化≌全盘西化（wholesale westernization）的公式，这却与东亚十九世纪至二十世纪的历史不太相符，至少日本便是一个相反的例子。

近年来，我越来越对中日两国在“西潮”冲击下反应之异同发生兴趣，故于黄遵宪《日本国志》《日本杂事诗》，下洎戴季陶、周启明诸人之著作，一一求而读之。本集中《黄遵宪日本研究的划时代意义》一文，便是我在这方面进行思考的一点心得。

当然，我对现代化（modernization）问题进行思考的范围不限于此。Black 氏在 *The Dynamics of Modernization* 一书中论述道，任何社会变革，首视其领导阶层之信心为如何，而信心之来源又每系于传统的价值观与制度。此一论述，实至为深刻。在现代化过程开始即“西潮”袭来前后，中国社会领导阶层一直是儒家的士大夫，所以研究中国的现代化，不能不首先着眼于士大夫阶层面对五千年未有之变局的态度。在这方面，郭嵩焘实在是一个值得重视的人物。

郭嵩焘于光绪四年即公元一八七八年，在观察和思考的基础上即已作出这样的结论：

> 中国圣人之教道，足于己而无责于人，即尼山诲人不倦，不过曰往者不追来者不拒而已。佛氏之法，则舍身以度济天下。……西洋基督之教，佛氏之遗也。……圣贤不欲以兼爱乱人道之本，其道专于自守；而佛氏之流遗，至西洋而后畅其绪。

又进一步述评“西洋基督之教”云：

> 其言曰，视人犹己。……继绍乎天以成其事业，实有继事述志之责。故其自视常若天之子，而凡同为人以并生于天地之间者，皆兄弟也。……固不能逮佛氏之精微，而其言固切近而可深长思也。

这里将“中国圣人之教道”即儒家伦理哲学和“西洋基督之教”即西方伦理哲学所作比较，远远超越了当时一般士大夫的水平。

郭氏还对中西制度之不同发表了看法：

西洋君德，视中国三代令主，无有能庶几者，即伊、周之相业，亦未有闻焉。而国政一公之臣民，其君不以为私……自始设议政院，即分同异二党，使各竭其志意，推究辨驳，以定是非，而秉政者亦于其间迭起以争胜。

又云：

［中国］圣人以一身为天下任劳，而西洋以公之臣庶。一生之圣德不能常也，文、武、成、康，四圣相承，不及百年。而臣庶之推衍无穷，愈久而人文愈盛，颇疑三代圣人之“公天下”，于此犹有歉者。秦汉之世，竭天下以奉一人……而三代所以治天下之道于是乎穷。圣人之治民以德，德有盛衰，天下随之以治乱……西洋治民以法，法者，人己兼治者也……其法日修，即中国之受患亦日棘，殆将有穷于自立之势矣。

郭嵩焘深知“中国成法遵行已三千馀年，本不易言变通”，但同时他又坚定地认为，“虽使尧舜生于今日，必急取泰西之法推而行之，不能一日缓也”。可惜的是，他在当时中国社会领导阶层中居于绝对少数的地位。朝廷认为他“出使西洋，所著书籍，颇滋物议”；清议谴责他“不见容尧舜之世”，“何必去父母之邦”；乡绅和书院士子们集议要捣毁他在长沙的住宅；后来的京官中更有人“请戮郭嵩焘、丁日昌之尸，以谢天下”。此种情形，终于使他“仰天欷歔，发愤呕血，志气为之销靡，才智聪明亦为之遏塞”。

本集中《论郭嵩焘：现代化观念的先觉》一文，是带着深深崇敬和惋惜这位同乡前辈的感情写出来的。中国在十九世纪失去了大好的时机，这是郭嵩焘的不幸，也是中国的不幸。

然而，尽管体大思精、源远流长的儒家文化是如何的“足乎己无待于外”，尽管它的排他性和“专于自守”是如此的顽强，随着通商口岸的开辟，随着新技术和新知识的输入，在传统的士大夫阶层中，毕竟也开始孕育（或蜕变）出了第一批带有 intellectual 色彩的现代意义的知识分子，徐建寅便可以算作一个典型的例子。

中国现代化进程的动摇性、曲折性、软弱性、反复性，非常具体地反映在像徐建寅这样一个满怀忧国忧民、毕生追求富强、终于无可奈何、不得志于当世的技术专家的身上。徐建寅基本上不谈政治，看得出在一些重大关头他宁愿“绕开政治走”，但是政治却始终没有放过他，从好的和不好的两方面说来都是如此。百日维新时，他被起用任新设立的“农工商局”的“督理”，“赏给三品卿衔，一切事件准其随时具奏”。戊戌政变发生，农工商局旋即被“裁撤”，徐建寅也只得借口“扫墓”，脱离政界，归隐家园。后来张之洞请他到湖北办火药厂，他成了一个“日手杵臼，亲自研炼”的纯粹技师，终于在一次爆炸事故中牺牲了生命。本集中《现代化早期一位技术专家的道路及其教训》一文，对于后人也许可以引起一点深长之思。

郭嵩焘、徐建寅和黄遵宪作为最后一代士大夫和最早一代中国 intellectual 在“五千年来未有之创局”中无一例外的悲剧性结局，并不应该使今天为现代化而奋斗的我们丧失信心。郭嵩焘卒于一八九一年，徐建寅卒于一九〇一年，黄遵宪卒于一九〇五年，他们都是十九世纪的人物，属于过去了的时代，没有可能战胜（甚至没有可能公开反抗）传统的价值观和制度。今天中国的知识分子，仍然在继续着中国现代化的事业，但是时代毕竟不同了。H.N. Shore 氏评论容闳时写道：

> 一个能够产生这样人物的国家，就能够做成伟大的事业。……中国本身拥有力量，可以在真正完全摆脱迷信的重担和对过去的崇拜时，迅速使自己新生，把自己建设成为一个真正伟大的国家。

这段话我极喜欢，不止一次地引用过。是的，中国本身拥有力量。看到这个伟大的力量并且努力来激发和加强这个伟大的力量，使中国终能成为一个真正伟大的现代化的国家，就是我们——现代中国知识分子的历史的使命。

（一九八九年六月）

《走向世界以后》小引

羁鸟恋旧林，池鱼思故渊。　　——陶潜

我喜读清人外国游记，陆续搜集了两百多种。一九七九年到湖南人民出版社后，开始从中选编《走向世界丛书》，已经印行若干种。现在我已不在出版社工作，编书早已力不从心，但是跛者不忘履，病中偶想读书，有时便把还没有编入丛书出版的这类旧游记翻出来，因为一则线装薄本躺着拿在手中比较省力，二则聊以满足一点旧林故渊之思，这也就是自己确实已经老了的证据吧。

旧书重读，有时仍觉得有些意思，便随手作些札记，仍属“夜读漫记”，不过读和记的都是前人走向世界以后的见闻，便给它安上“走向世界以后”这样一个名目，也别无深意，仍不过是为了满足一点旧林故渊之思而已。　（一九九〇年十一月）

辑三

周作人的书

给周作人写信

和周丰一君的通信，从八十年代之初准备重印周作人著作的时候，便已经开始了。一九九一年四月，他给我寄来了这样一封信：

> 《杂事诗》今日收到，请释念。
>
> 偶然之中，看到你寄先父书信一件，系一九五八年所寄，距今卅馀年，不知尚有此记忆否？今影印寄上，请回忆为幸。书信未整理，以后还许再发现，也未可知。（下略）

所说的一九五八年，实是一九六三年。当时我被开除已经五年，正在拖板车，劳作归来仍闭户读书，却已不蓄纸笔。为了写信给周作人，特别到小店中买了几张一面粗一面光的极薄而劣的红色横格“材料纸”，还有一小瓶墨汁和一支二角四分钱的毛笔。信是直行写在横格纸上的，末尾的日期是十一月廿四日，没写明年份。但周作人十一月廿九日写来的回信至今还在，信封上的邮戳和同时寄来的《伊索寓言》扉页上的题字，都是一九六三年。后来又看到了周作人的日记原件，一九六三年十一月廿八日记云：“上午得吉光廿五日信，锺叔河廿四日信。”廿九日记云：“下午丰一为寄锺叔河信，又寓言一册及写字。”说的就是这件事。

当时写信无法留底，也根本没想到要留底，所以得感谢丰一君给我影印寄回。不然的话，我说自己拖板车的时候和年近八十的知堂老人通过信，有的人只怕不会相信。我的信全文如下：

周老先生：

从友人张志浩君处，拜读先生手书及大著二种，得知先生仍然康健，十分高兴。

从四十年代初读书时起，先生的文章就是我最爱读的文章。二十馀年来，我在这小城市中，不断搜求先生的著作，凡是能寻得的，无不用心地读了，而且都爱不能释。说老实话，先生的文章之美，固然对我具有无上的吸力，但还不是使我最爱读它们的原因。

我一直以为，先生文章的真价值，首先在于它们所反映出来的一种态度，乃是上下数千年中国读书人最难得的态度，那就是诚实的态度——对自己，对别人，对艺术，对人生，对自己和别人的国家，对全人类的今天和未来，都能够诚实地，冷静地，然而又是十分积极地去看，去讲，去想，去写。无论是早期慷慨激昂的《死法》《碰伤》诸文，后来可深长思的《家训》《试帖》各论，甚至就是众口纷纷或誉为平淡冲和或詈为“自甘凉血”的《茶食》《野草》那些小品，在我看来全都一样，都是蔼然仁者之言。

先生对于我们这五千年古国，几十兆人民，芸芸众生，妇人小子，眷念是深沉的，忧愤是强烈的，病根是看得清的，药方也是开得对的。二十馀年中，中国发生了各种事变，先生的经历自是坎坷，然即使不读乙酉诸文，我也从来不愿对先生过于苛责。我所感到不幸的，首先只是先生以数十百万言为之剀切陈辞的那些事物罢了。

我最引以为恨的，就是虽然经过刻意搜求，先生的一些文集仍然无法读到。如今我所藏的，不过是《自己的园地》《雨天的书》《苦茶随笔》《夜读抄》《瓜豆集》《风雨谈》以及近年来的几册回忆录而已。此外还有两本从前上海野鸡书店胡乱编印的集子，实在不能算数，只因有上述各书未收的文章，也在珍藏之列。先生究竟老了，我辈迫于生计，也无法多寻书读书，看将起来，这恐怕将会成为我永远难偿的心愿了。假如先生手边尚有留存的文集，无论旧印新刊，能够赐寄一册，那就足以使我欢喜万分了。

此外，我还想学志浩君的样子，求先生为我写一条幅，字句就用先生无论哪一首诗都好。先生最喜欢的蔼理斯的那一段话，用在这里也许合适，就请先生把它当作交给别人手里的一支火把亦可耳。

回示请寄长沙市教育西街十八号。敬祝

康健！

锺叔河，十一月廿四日。

无法购置稍微合适的纸笔，要请先生原谅，又及。

信中所说“蔼理斯的那一段话”，见《雨天的书·蔼理斯的话》，兹摘录如下：

在一个短时间内，如我们愿意，我们可以用了光明去照我们路程的周围的黑暗。正如在古代火炬竞走——这在路克勒丢斯（Luеretius）看来，似是一切生活的象征——里一样：我们手里持炬，沿着道路奔向前去，不久就要有人从后面来，追上我们，我们所有的技巧，便在怎样的将那光明固定的炬火递在他的手内，我们自己就隐没到黑暗里去。

教育西街十八号则是当时我在长沙的住处，七年后的一九七〇年三月十八日，我被逮捕判刑十年，妻女仍然住在此处。又过了九年，一九七九年我平反出狱回家，还是回到这个地方。现原址仍在，却已变成一座楼房，教育西街也和教育东街合起来称为教育街了。

（一九九五年四月）

念楼的竹额

“念楼”二字为知堂手书，刻竹者容园叶瑜荪也。

植物中我最喜欢的是竹子。少时寄居山村，住北屋中，丈外便是后山的竹林。从窗户中望去，虽不见全景，但几枝数竿，无论在什么光线下，都要比画图中的好看。湘北冬季严寒，雪落竹子驼，枝梢上的冰凌迸落有声，对于独坐中的我，往往是难得的惊喜。夏天风雨时行，竹林会奏鸣出丰富的和声，且多变化。让这种天籁伴随着入梦，十分愉快。

屋主人的祖上做过学官，后代虽已破落，宅子中仍挂有不少旧的联额。有的对联是将大竹一分为二，上面刻的文字用石绿填出。有一联“细雨园林梅结子，春风篱落竹生孙”，落款“道州何绍基”。另一联“文章千古事，花柳一园春”，隶书写得很好，落款是谁却记不清了。

也许因为喜欢竹子的缘故，我觉得用竹材制作对联非常之好：第一是南方多竹，取用不难；第二是易于奏刀，高手可以逼真地再现书法的神态和气韵；第三是竹材的纹理、色泽和质感，有一种木石所没有的韵味，特别宜于文房。但不知怎的，进城以后便很少见到竹制的对联，近几十年更可说是完全绝迹了。“文革”前长沙和邵阳等地还残存着一种叫“翻黄竹刻”的工艺，那是在木胎板上贴一层薄薄的竹黄，做成茶叶盒一类小物件，上面也刻点字画做装饰，但全是成批生产的匠作，绝无“春风篱落”之雅致矣。

如今时兴“文化搭台”，园林亭阁修得很多，挂上联额的地方不少，竹制者却寥寥无几。岂非因为在竹上刻法书非工匠所能，没有文化修养便不行，而其人又得爱竹而精工竹艺，所以便十分难得的缘故么？

十年前，因笺释周作人《儿童杂事诗》，得识为作插图的丰子恺氏的女公子一吟，因又得识桐乡叶瑜荪。叶君是个文化人，有《分心堂笔记》和《写意丰子恺》等作品，历任市文化局、市文联、市政协等处职务，却在“插队落户”时即喜欢刻竹，尤喜摹刻郑板桥、丰子恺的书画。从一九七九年起，刻竹逐渐成为其主要创作手段。他的浅刻和留青作品已享誉国内外，上海陈从周教授称为“当今竹人之魁”。一九九五年，联合国教科文组织授予他“民间工艺美术家”称号。这对一个学生出身不曾拜师学艺的人来说，实在比拿高级职称更不容易。

几年前，我请叶君制了一枚臂搁，刻的是周作人写的一首诗。周氏不以书名，字却特具书卷气。叶刻能保其神韵，三方图章（“周氏知堂”一方是摹刻的，“叔河珍赏”和“容园刻竹”两方是加刻的）尤其耐看。几年来我和老妻抢着用，已经快要用“熟”，变成老麻将牌背面那种颜色了。

去年搬入新楼，在第二十层上，稍为宽敞，好几个窗户中都可以眺望不远处的公园，园中绿色倒有很大一片，美中不足的便是少见竹子。成都望江公园多竹，辟有“读竹苑”，是个好去处。湖湘植被与巴蜀相同，此处却不多栽竹，不知何故，只能以杀风景视之。

有楼望竹，可以读书，一直是自己的梦想，现在总算实现了一半，也就应该知足了。室内无法种竹，便去乞叶君再为制一竹额，把楼名刻上去。前些时已经寄到，“念楼”二字从《儿童杂事诗》手迹中集得，落款则本是知堂从前写给我的，算是移用，却非伪造。虽然小字经过放大，看来仍神气生动，显示了用刀如笔的功力。

大家知道，中国人在竹上作字的历史本来长久，杀青、汗青等词语至今还在使用，都是所遗留的痕迹。但将名人法书刻到竹上作为艺术欣赏始于何时，一时却说不上来。元末陶宗仪在《辍耕录》中说：

> 詹成者，宋高宗朝匠人，雕刻精妙无比。尝见所造鸟笼，四面花版，皆于竹片上刻成人物山水，花木禽鸟，纤悉具备，而且玲珑活动。求之二百馀年来，无复此一人矣。

可见南宋和元时竹刻还极稀罕，但詹成似乎并不刻文字。《古今图书集成》草木典竹部纪事引明人《居山杂志》，在叙述并山美竹后写道：

游人多爱刻名其上，题迹可经数年不坏，久之益若虫书古篆可观。

这是在竹上刻字了，却是业馀的一时乘兴。虽然题刻数年后“若虫书古篆可观”的，决不会是如今到处乱画“某某到此一游”之流，也还不是专业的竹人。

后来到了晚明，江南文风盛文人雅事多的地方，竹艺才发达起来。张岱《陶庵梦忆》写到的江南竹艺：

一帚一刷，竹寸耳，勾勒数刀，价以两计。……嘉兴之腊竹，王二之漆竹，苏州姜华雨之篣箓竹……皆以竹……起家，而其人且与缙绅先生列坐抗礼焉。

仍然没有谈到刻字，但这些“与缙绅先生列坐抗礼”的名家作品会有款识，这就和书法沾边了。

大约要到《竹人录》（书成于嘉庆十二年即一八〇七年）时代，书法和竹艺二者才完全结合起来，竹制的楹联便挂上了文人的斋头。谁知一百五十多年后又遭浩劫，幸而有如叶君者在力求恢复，作为爱竹之人，真得谢谢他。

取斋名室名是过去文人的雅事，我并没有兴致学遗老，而是因为住的这栋楼有二十八层，户户外貌咸同，来客记楼层和号码不易，尤其是老年朋友，常有走错门的情况，于是觉得还是做一个标识挂在门上为好。既要做，则当然想用自己喜欢的竹子，想请自己欣赏的叶君来刻。楼名也别无深意，因为——念楼者 ，即廿楼，亦即二十楼也。

（二〇〇〇年三月）

难忘结缘豆

在《结缘豆》这篇文章里，周作人说他很喜欢佛教里的两个字，曰业曰缘，又将写文章比作“煮豆微撒以盐而给人吃之”的结缘豆。他说：

> 古人往矣，身后名亦复何足道，唯留存二三佳作，使今人读之欣然有同感，斯已足矣，今人之所能留赠后人者亦止此，此均是豆也；几颗豆豆，吃过忘记未为不可，能略为记得，无论转化作何形状，都是好的，我想这恐怕是文艺的一点效力，他只是结点缘罢了。

这“几颗豆豆”，我吃过却不曾忘记，那便是抗战初期从旧书中读到的几篇周文，从此便和它结下了不了的书缘。

第一册书是《复兴初中国文读本（一）》，那封面上印有两匹奔跑的马，乃是比我大七岁的哥哥读过以后留在家中的。此类旧读本为数不少，而且不断增多，但用洋纸印刷又收了周氏文章的，却只有这一册。

因为抗战的关系，该进小学的我回到乡下老家，前两三年由长辈课读，后来没人教了，只好见到书拿来自己读，这本初中国文即是自己拿来读的。一读便喜欢上了书中的《卖汽水的人》和《金鱼、鹦鹉、叭儿狗》（过了很久才知道，这篇乃是《看云集·金鱼》的节录），觉得比冰心、绿漪、朱自清等人的文章更耐读，更有意思。

还有一册名叫《作文与修辞》的书，作者是谁记不得了，只记得是"光明书局"出版的，绿色的封底上印有一个烛台，上插一支大放光明的蜡烛。书的外形留下的印象只有这一点，从书中我却读到了《故乡的野菜》：

> ……花紫红色，数十亩接连不断，一片锦绣，如铺着华美的地毯，非常好看，而且花朵状若蝴蝶，又如鸡雏，尤为小孩所喜。

这几句至今仍能背诵。

从此，我便爱上了周作人的文章，总想找得来看。可怜得很，最初能借到的只是些野鸡书店出的盗印本，换上一个新的书名；或是书商雇人编辑的"选本"，纸墨既劣，错字亦多。但它们毕竟也是周氏的文章，也是我得到的"结缘豆"。

抗战胜利后读高中，开始向报纸副刊投稿，得了稿费，陆续从书店买回了几种早就看在眼里想在心里的书，周作人的有《苦茶随笔》和《风雨谈》，都是北新书局战前所印，战后降价出售的。这是自己挣钱买书的开始，原版书捧在手里的感觉，毕竟和盗印本大不相同。

一九四九年后当了干部，周作人的书反而难得买到，也不大敢买了。从一九五〇年开始，年年鉴定都批评我不该耽读旧书，批评归批评，看还是要看，因为实在是喜欢，"缘"还是断不了。反右后被开除，跑旧书店倒少了些顾虑，周作人的书总是见到就买，但足迹不出长沙，仍难买齐。六十年代旧书便宜，每本平均三毛，也要花掉差不多一天的饭钱（在街道工厂拉板车月工资十六元）。有次很幸运遇到一本良友版的《苦竹杂记》，因为是精装，要价五角，口袋里钱不够，只好将头上戴的呢帽脱下拿到书店隔壁旧货店去卖，店员出价一元，而上了一元卖者就得出示证件，我没有带，于是说"给九毛吧"，总算将书买到了。

六十年代和周作人通信，陆续向他要过几本书。这几本和陆续买得的那一些，和其他旧书一起 ，加上周氏为我写的两幅字，还有几张旧画，为了躲过"文化大革命"，寄存到一个来向我借过书的青年工人家里去，以为比较保险。谁知一九七〇年我被捕判刑后，他把一部分书送还给朱纯，却将周作人的书和写的字干没了。我平反出狱后去找他，却推说都已送回。朱正兄也有过和我类似的遭遇，不过那是另一位青年人。我们缺少对付这种人的本领，只好自认倒霉。不过后来朱兄和我都办出版社，又都写了一些书，印过不少周作人著作；他们两位虽仍和我们生活在同一座城市里，却不好意思再来找我们，问我们要书了。

我平反改正后，周作人早已逝世，但他的儿子丰一、儿媳张菼芳和孙儿吉仲仍和我有联系。他们信任我，委托我编辑周作人的书，丰一还曾将我当年写给周作人的一封信寻找出来，复印了寄回给我。现在，我编订的一十五卷（含索引一卷）近八百万字的《周作人散文全集》即将出版，也可以说是这一份不了的书缘之续。

我今年七十五，快"往矣"了。但我相信，无论是谁，吃过有真味的"结缘豆"都是难忘的。周作人留下的佳作何止二三，佛云法不灭则缘不灭，和他的作品结缘，想必不会止于一两代人，而会生生不息。

（二〇〇六年一月）

致谷林书信（选七）

一（1986 年 8 月 3 日）

人路[1]同志并请转

祖德同志：

《木片集》即《草叶集》即《鳞爪集》，是最后改定的名字，我所据者为周氏手校打样复印件[2]，只有百二十面。

我正在约黄裳[3]先生编《周作人集外文编》[4]，大约在一千面以上，《木片集》只是其中一小部分罢了，此书大约今冬可发排，明年出书。

1　人路，即秦人路，资深编辑，曾供职于人民出版社、三联书店。

2　此件系朱正（时在人民文学出版社编《鲁迅全集》）寄给锺叔河，后来有关的人从锺处借得，作为河北教育出版社所出《周作人自编文集·木片集》的底本。

3　黄裳（1919—2012），本名容鼎昌，作家、记者、藏书家。

4　此书后来黄裳并未编成，改由陈子善编为《知堂集外文·〈亦报〉随笔》和《知堂集外文·四九年以后》出版。

《知堂序跋》[1]已付排。《日译〈骆驼祥子〉序》已收入，此外还收了集外序跋数十篇，如《〈知堂杂诗抄〉序》《〈汪精卫先生庚戌蒙难实录〉序》等等。因为新的集外文不断出现，陆续送工厂插入检字，很费唇舌。好在我在当右派时当过两年排字工人，和工人打交道还有点办法。上个月拿到稿费，即私人请排字师傅吃了一桌二百八十元的酒席，师傅们也很讲“义气”，总算接受了我的不情之请。

《书房一角》《秉烛后谈》寒斋俱有收藏，《清明前后》[2]恐未别集印行，关于这个题目的详情，乞拨冗见示。

锺叔河

八、三

二（1987年3月7日）

祖德先生：

谨寄奉新出《知堂杂诗抄》[3]一本，虽戋戋小书，却是未刊手订原本，“文革”前远寄海外，始得保全，亦可算是当代文物者也，请善视之。知堂各书，愚有意为之校订重印，但又横生枝节（据说只准印抗战前的），文化非一二书生所得维持，

1　《知堂序跋》，周作人著、锺叔河编，岳麓书社1987年2月初版。

2　有旁批“立春以前”。

3　此书手稿原由移居新加坡的郑子瑜所藏，经陈子善略作增补后推荐给锺叔河，于1987年1月由岳麓书社出版。

则亦听之而已。关于此事，有何信息，乞随时赐示，叨在同好，固不能休戚了不相干也。匆此，即问近好！

锺叔河

三、七

三（1988年9月20日）

祖德同志：

信收到了，谢谢关心。我常感奇怪，与你只不过通过几回信，连“一面”也没有“面”，而每觉声气相通，亦不知其何故。在湖南，当右派、坐牢时无论矣，七九年以来，算是改革开放了，而始终不能摆脱寂寞之感，有时甚至有一种独行深山时那种无端的恐惧，往往随即转为烦躁：难道老是这个样子么？这几年，自己努力（？）做了几件事，辑印知堂遗文即其一，都必须把百分之九十的气力用在排除内部（！）的困难上，而在省内博得的只有批评（“为什么偏爱曾国藩、周作人，而不爱湖南为数众多的老一辈”之类）和埋怨（“为什么出这些不赚钱的书，害得我们少发奖金、住不上房子”等等），自知爝火为光不亦劳乎，故自八六年后即已作“小休”之想，长期在家读自己的书，或做点注杂事诗之类的事，聊作闲情偶寄而已。“落选”确系事实，亦意中事。因为我如要干下去，必然要请那些不做事而只想多拿奖金福利费的人滚蛋，另从北京、上海青年人中吸收些赞成出“凤凰丛书”“周作人集”的人来做事。他们乃书社的“老干部”“实力派”，为自己生存计，自非斗争不可。而我则如不能进行大扫除，实亦无意再去作“夹缝中的奋斗”了。现在这样，倒使自己轻松下来了。“岳麓”以后走什么路，出什么书，我既已无法管，当然亦即不会管了。已付排的几本书，如《知堂集外文》第二册《四九年以后》[1]，大概还会印出来的，今后之事即属不可知矣。知关锦注，特此奉闻。我的“编制”大概也会离开岳麓，以后工资到省出版局拿，以便端着铁饭碗好做自己的事，首先是把诗注继续完成。董秀玉[2]在约我写一本书，有可能的话也想写一写，合用与否先不考虑。身份是局聘编审，房子已分四室一厅的一套，生活工作条件还是可以的。当然，丢掉了岳麓，等于放弃了自己对文化出版工作的一分责任，但不是我不搞，而是别人不让我搞，这样一想，内疚也就略为减轻一些了。记得知堂在一篇文章中引过日本一首短歌：虫呵虫呵，难道你叫着，业便能尽了么？

我也不相信这“业”能尽，当然有别的地方让叫时也还是会叫一叫的。专此即颂

安吉

锺叔河

九、二十

人路、子明同志见到时乞代致意。

1　即《知堂集外文·四九年以后》。周作人著，陈子善编，岳麓书社 1988 年 8 月初版。

2　董秀玉（1941—），曾任三联书店总经理、总编辑。

四（1989年3月19日）

祖德同志：

得手书[1]，知玉体违和，甚以为念。但见手迹劲气如常，又觉得不必担心，但总之还请多多保重才是。

中国之事革矣，文化之命脉不绝如缕，盖非危言，书生空议论亦无甚益处。半年来只以抄杂诗消遣，思作小注，大半注不出，亦遂置之。

不作无聊之事，何以遣有涯之生。别有伤心，知之者盖寡矣。匆匆，即请

痊安

锺叔河　上

三、十九

五（1995年6月1日）

祖德先生：

谢谢您寄给我的好书[2]。此书装帧、版式、印制都堪称一流，出版社在这个时候还能够这样出书，和做策划的脉望[3]先生一样都值得我五体投地地顶礼膜拜了。大作虽大半早已拜读过，

1　此函已遗失。

2　指《书边杂写》，谷林著，辽宁教育出版社1995年3月初版。

3　指当年帮助辽宁教育出版社策划选题的沈昌文、陆灏等人。

但一卷在手，自然亲切有味，只有“缘份”二字足以形容我的这分感受。

看到海藏楼日记[1]出版的消息后，早想写信给您，因为瞎忙（老婆去美国，家里修房子），耽搁下来。知堂十卷集[2]等了两年，总算“齐、清、定”发排了，十卷书都已制成了版，又因为，“抗日纪念五十周年，汉奸文人的东西不要多印了”，又摆了下来。此事京中关心的友人不少，谨将拙作弁言及凡例寄奉，也算是作一个交代吧。

敬礼!

锺叔河　上

六、一

六（1998年5月7日）

祖德先生:

得廿九日手书，“书话”两厚册，本不便于阅读，因为这本是应该可以享受读书之乐的书，不必要正襟危坐磨墨研朱对付的。但却无可如何，海南出版社一是为了撑门面，二是为了省书号（我原意是七辑分作六本，每本一个定价，便于分散选购），“说服”我要这样做，不得不尔也。

1　应为《郑孝胥日记》，中国国家博物馆编、劳祖德整理，中华书局1993年10月初版。

2　即《周作人文类编》。

十二卷的编年本，我自以为比十卷本的分类文编编得好得多，内容也增加了不少。盖十年前着手搞类编时，还拘于“不得出全集文集”的功令，只好变着法子“钻营”，找到这个自以为聪明的办法。其实是愚蠢之极，知堂的文章又岂是篇篇好“分类”的么？

十二卷的合同尚未定妥，因为出版社要周家（张菼芳夫人）保证别处不出周书，连十卷本也最好不要出，才肯签合同，而这在事实上做不到。我则干着急，两边都不好去做工作，只好听之。

其实，我顶希望有一家有魄力的出版社（合同一定，广告一作，征订一搞，别人也不会再出再编了）来认真地印这部十二卷本散文全集。如今新闻出版署倒是开了绿灯，说是“锺××是认真的工作者，所编书质量能有保证，同意出版”云云，并且盖上了署的大印（我有复印件）。不知在北京能找到这样一家出版社否？

再奉上十二卷本的第二卷目录一份，便中可给关心者看看，不必寄回也。匆匆即颂

著祺

锺叔河

一九九八、五、七

七（2004年10月9日）

祖德先生：

寄奉《知堂序跋》[1]一册请收。虽非精装，亦是厚本，不知尚能邀法眼否也。

退休后我也学您的样，有时写点小小文字，聊破岑寂，并不想再编书了。因为编书的最大苦恼是无法亲任校对，出版、排字、印刷都在外地，“老板”不愿编者插手，恐怕耽搁了时间，而自己今年也七十四了（一九三一年出生于湖南平江），也实在没有精力硬把这些[2]事强揽过来搞，所以，此书勒口“关于编订者”，就把我这个湖南平江人的籍贯错成“湖南平阳”，成为平阳公主的同乡了。

但知堂老人的散文全集我仍是要编的，这完全是出于对老人的一分感念。此语不足为七十岁以下的人道，因为道来他们也是无法理解，当然更不会相信的。专此即请

秋安

锺叔河　上

十月九日

“散文全集”十四卷外索引一卷，已交广西师大出版社，预计明年底前可以出书，知注并陈。

---

1 《知堂序跋》，周作人著，锺叔河编订，中国人民大学出版社2004年9月初版。

2　原函为“件”。今依作者所改。

《知堂书话》序

我一直还算喜欢读书的，然读书于我亦大不易，一是不易有闲，二是不易到手，三是不易读懂。有时便只好找点说书评书今称书话的这一类文章看看，舔眼救馋，掬水降火，不免为三百年前的陶庵所笑了。

使我感到不满足的是，这类文章虽不算少，真正值得读和经得读的却不算多。奉命来骂或者来捧某一种书的，为了交情或者交易来作宣传做广告的，自以为掌握了文昌帝君的秤砣来大声宣布权衡结果的，我都不大想看。我所想看的，只是那些平平实实的文章，它们像朋友闲谈一样向我介绍，这是一本什么样的书，书中叙述了哪些我们想要知道或者感到兴趣的事物，传达了哪些对人生和社会、对历史和文化的见解。这样的文章，无论是客观地谈书，或是带点主观色彩谈读书的体会，只要能自具手眼，不人云亦云，都一样的为我所爱读。如果文章的内涵和笔墨，还足以表现出作者的学养和性情那就更为佳妙了。虽然鸠摩罗什早已说过，嚼饭哺人，反致哕吐，说明这是一件多么不易讨好的事情，但在被哺的方面，若能像薛蛟或刘海哥那样，一口吞下别人（？）吐出的红珠，五百年道行便能归我所有，亦不可谓非人生难得之遭逢也。

在我所读过的这类文章中，周作人可算是写得最好的。今从其一生所著三十几部文集中，把以书为题的文章收集起来，编成这部《知堂书话》，以飨与我有同嗜的读者。周氏的序跋文本来也属于此类，因系为自己或友人而写，更多感情的分子，而且数量也不少，故拟另成一集，作为书话的外编。所录各文，悉依原本，不加改削；惟明显的排印错误，则就力所能及，酌予改正。如《秉烛后谈》新民印书馆印本第四十八面第九行，印本作：

> 说文，亡从入从㇗，非﹁﹂之﹂，为有亡，亦为亡失。

颇不好懂。原来这里有两处手民之误：一是把“亡从入从𠃊”的“𠃊”错成了引号“﹁﹂”的“﹂”；二是把作者批给排字工人看的“非﹁﹂之﹂”也排成正文了。真不知道启明老人当日拿到新印的书时，脸上会是怎样一副表情，恐怕也和我们今天一样，只能无可奈何发出几声苦笑了吧。

至于周作人其人和他的学问文章，我是没资格来谈的，因为知道得实在太少，虽然他在晚年也跟我有过一些接触。张宗子《〈一卷冰雪文〉后序》末节云：

> 昔张公凤翼刻《文选纂注》，一士夫诘之曰：“既云文选，何故有诗？”张曰：“昭明太子所集，于仆何与？”曰：“昭明太子安在？”张曰：“已死。”曰：“既死不必究也。”张曰：“便不死亦难究。”曰：“何故？”张曰：“他读得书多。”

我所明白无误确确实实晓得的，也就只有这两点：第一，周作人“已死”；第二，“他读得书多”。至于别的方面，还是留待能够说和愿意说的人去说吧！

（一九八五年十月）

增订重编《知堂书话》序

《知堂书话》是我一九八五年编的一部书，于一九八六年四月由岳麓书社出版，至今已过去十多年了。原来《书话》所收的文章，是从周氏三十几部文集中选出来的，按集编次，既未分类，也不编年，读来不免稍嫌零乱。如《厂甸》一篇原在《夜读抄》中，《厂甸之二》却在《苦茶随笔》中，两篇谈厂甸书市的文章没能放在一起。又如在《苦竹杂记》中有一篇《如梦录》，在《药堂语录》中又有一篇《 如梦录》，题目相同而内容互异，按集编次隔得更远，更易使读者迷糊。尤其是只从文集中选文，周氏的大量集外文和未刊稿中“话书”的文字都无法收入，更为遗憾。还有周氏所作的序跋文，可算别一体裁的书话，当时没有编在一起，而是别为一册，这也是我觉得未必妥当的。

岳麓书社的《知堂书话》和《知堂序跋》，绝版都已过十年，读者和友人时有询及，我也舍不得它们就此消灭。于是征得周丰一先生同意和授权，决定增订重编一部新的《知堂书话》。

所谓新的书话，新就新在：

一、《书话》原来不收序跋，新《书话》则一体全收。

二、《书话》原来只收文集内的文字，新《书话》则将集外文和未刊稿中的书话和序跋全部收入。

三、《书话》原来按周氏自编文集编次，新《书话》则按内容分为下列七辑：

1. 谈书和读书
2. 谈中国古书
3. 谈旧小说等
4. 谈中国新书
5. 谈东洋的书
6. 谈西洋的书
7. 谈自己的书

四、《书话》所收的文章，原来并没有编年，新《书话》七辑则一律按发表（写作）时间先后编次（谈同一本书的文章放在一起），这样更易看出知堂读书生活的轨迹。

五、知堂的文章，引文常常很多，又不太喜欢分段，今天的青年朋友读起来，也许会感到不便。此次新编，成段的引文均用另一种字体排出，正文太长的地方则适当分段，可能比较合乎现代阅读的习惯。

《知堂书话》和《知堂序跋》原来各有一篇编者序，现在仍然印在这部增订重编本的卷前。那里面说过的话，我觉得没有什么需要补充修改，请读者看它们便是了。

这篇小序已经排好，本书即将付印的时候，忽得北京图书馆讣告，惊悉周丰一先生不幸辞世，匆匆不及作文，谨在此附志数语，表示我衷心的哀悼。

（一九九七年七月）

《知堂序跋》序

我在选编《知堂书话》时写过一篇序文，说“[illegible]的序跋文本来也属于此类，因系为自己或友人而[illegible]更多感情的分子，而且数量也不少，故拟另成一集，[illegible]为《书话》的外编”，结果就是这本《知堂序跋》，[illegible]收文二百二十三篇，篇数为一九三四年出版的《苦[illegible]序跋文》的四倍多。

周作人是很[illegible]重序跋文和自己所写的序跋文的。他为俞平伯《燕知[illegible]》写的跋一开头就说：

> 小时候读书不知有序，每部书总从目录后面第一页看起。后来年纪稍长，读外国书，知道索引之必要与导言之有益，对中国的序跋也感到兴趣。……因为我喜欢读序，所以也就有点喜欢写序；不过，序实在不好做……做序是批评的工作，他须得切要地抓住了这书和人的特点，在不

过分的夸扬里明显地表现出来，这才算是成功……

这里讲的是为人作序，至于自己的书，《看云集·自序》云：

我向来总是自己作序的，我不曾请人家去做……因为我知道序是怎样地不好做，而且也总不能说的对或不错，即使用尽了九牛二虎之力去写一篇小小的小序。……

序既这样地不好做，但又还是需要做，自然不能不讲究作序之法，他接着就说道：

作序之一法是从书名去生发，这就是赋得五言六韵法……其次是来发挥书里边——或书外边的意思。书里边的意思已经在书里边了，我觉得不必再来重复地说，书外边的或者还有些意思罢。……

这二百二十三篇序跋所讲的，也就多是“书外边的意思”，用一句文言，也就是“言外之意”吧。

说老实话，我所喜欢的，正是它的这一点言外之意。舒芜先生说，周作人的文章“都具有文化思想上的意义”，代表了“当时最高的水平，没有人超过他，没有人能代替他”，是“我们不该拒绝的遗产”，最后这句话真可说是深得我心。周作人最反对“就题作文，各肖口吻”。他的序跋，实践了他自立的法度，从来不“赋得”，不“重复”。他不是“就题”，而是“借题”，是“借题发挥”，发挥自己对中国文化思想问题的见解。他在中国学海军，在外国学建筑，而于学无所不窥：魏晋六朝，晚明近世，妖术魔教，图腾太步，释典儒经，性的心理，印度日本，希腊罗马，家训论衡，狂言笑话，无不从人类文化学的宏观，以中外文化比较的方法，来研究中国传统的思想，妙言要道，鞭辟向里。此二百二十三篇，岂仅介绍百十种著译而已哉，其实乃是打开“我们不该拒绝的遗产”箱子的百十枚钥匙，如果没有它们，箱子里的东西就只能“深锁琅嬛饱蠹鱼”了。

这二百二十三篇中，大约有五分之一是集外文，这应该感谢新加坡郑子瑜、北京姜德明、香港黄俊东，尤其是上海陈子善诸位先生，如果没有他们，我是无论如何也做不到的。

《知堂书话》出版以后，听到一种“反映”，即总编辑是不应该“亲自”编书的。可是，我一不爱做官，二不爱对上打报告对下作报告，三又缺乏“朝游北海暮苍梧”去参加没完没了各种各样会议的精力和兴趣，从十八岁学做编辑起，光阴荏苒，已经三十七年于兹矣，俗话说，“四十不斠老婆，五十不斠行当”，到老改行，乌乎其可？还是且编了这本《知堂序跋》再说吧。

（一九八六年十月）

《亦报随笔》序

《亦报随笔》收文七百五十六篇，悉为周作人一九四九年至一九五二年发表的短文。陈子善先生将其辑为一集，费了许多力，他叫我为它写一篇小序，我当然无法推辞。

我早已声明，关于周作人，我只能辑其文，不能论其人。我不过是一名编辑，不是什么研究家、批评家。我的工作是印行旧籍遗文，使想看的人能够买得去看，想批评研究的人也才有材料好拿去做文章。或供于牺牲坛前，或钉在耻辱柱上，都悉由尊便。我自己亦未尝不想当研究家批评家，但一则天分太低，学来不易，二则所知甚少，缺乏本钱，正如跪在娘娘面前的高力士，“奴才没有”，无可如何。

那么，陈先生交下的这个任务怎么办呢？或曰，虽不能论其人，但既要印其文，关于其文总可以谈谈吧。这话不能说不对，至少是不大好反驳，现在就来谈一谈我所看到的《亦报随笔》

的文章，聊以塞责。

我所看到的第一点是，这些文章都写得非常短。七百五十六篇中，竟有七百篇不超过一个 page 也就是六百字。短当然不是看文章的惟一标准，但要用短短五六百个字把事情交代清楚，把自己要讲的话讲出来，既要言不烦，又疏密有致，给人留下思索和咏味的馀地，那就大不容易。

这些都是发表在解放初期报纸上的文章，当时已经在说我们的报纸“沾了长风”，早就提出“短些再短些”的口号了。一转眼三四十年，如今有的报纸篇幅超过当年《亦报》好多倍，可是版面上容纳的标题却越来越少。有限的地盘被几个（甚至是一个）“ 大地主”霸占着，这样的情况比起四十多年前究竟有没有改变，真不好说。难道今之作者才学均已远迈前贤，没有几千上万字即不足以表现其深刻的思想和丰富的感情么？恐亦未必。那么，看看别人所写的短文，刹刹自己沾染的长风，大概也不会没有一点益处吧。

我所看到的第二点是，这些文章虽短，题目的范围却很宽。从《梅兰竹菊》到《麟凤龟龙》，从《艳史丛编》到《聊斋稿本》，从《杭州的市房》到《北京的春雨》，从《夜读的境界》到《文章的包袱》，在广义的文化和文化史这个大范围内，随手拈来都是题目，也都是文章。作者不是先领下一个题目，再来就题作文，揣摩迎合；而是胸中先有一节文章，于是借题发挥，把想讲的话讲出来，同时给读者以知识或感兴。如《蓑衣虫》一篇，云有一种虫——

……系蛾类的幼虫，织碎叶小枝为囊以自裹，负之而行。案此即《尔雅》之蚬缢女，因它附枝下垂，古人观察粗率，便以为缢。……我们乡间称之曰袋皮虫，《尔雅翼》云俗呼避债虫。披蓑有渔人或农人的印象，袋皮已沦为瘪三，避债的联想更为滑稽，缢女则太悲惨了，我们想起山西省妇女自杀的统计，觉得这种事实还未消除，难怪古人那么的说。我不知道这在北京叫作什么，仿佛没有看见过，要有也未必叫蓑衣虫吧，因为在北方蓑衣极少见。……唐人诗云，孤舟蓑笠翁，独钓寒江雪。这种情景在黄河以北实在是难被了解，不但寒江不能钓，就是蓑笠也是很生疏的东西，读了不会发生什么兴趣。

二三百字中包含了自然史、语源学、乡土研究与文学欣赏的内容，而作者寂寞的心情也历历如见。

又如《拿手戏》一篇，开头说：“有些外国文里叫著作者为‘写字的人’……我们常写文章而实在没有什么自信的人用这个名称来叫，倒是很确当的。”这里也涉及了语文知识，因为 writer 这个字本来也指“书手”，并不一定就是体面的“作家”。接下去略加演说，结尾则云：

现在连街头艺人都翻了身，写字的人如为人民服务，也是很好的事。无奈写字难以成为一艺，他没有师父传授，并无基本技艺，只是每日随时说说唱唱，费力多而成功少，并不一定是吃一行怨一行，的确乃是实情。某甲先生有一句名言云，著作等身不如拿手戏三五只，这话说得真好。戏唱得越好听的人也越喜欢，写文章不能翻陈出新，摆起摊来殊无把握，写不出时亦无皮蛋泡汤加白糖之类可以帮忙，此其所以不如之至也。

不谈大道理，只是随手记下一点见识或者感受，娓娓道来，而情理自见。

这类小文继承了中国历代笔记文的传统，同时又吸取了欧洲十八世纪随笔文（essay）的特色，从中隐约可见《广阳杂记》《五杂组》和“英国名士遂夫特”（曾纪泽《使西日记》语）的痕迹，和启蒙时期报章杂说的某种风格是一脉相承的。自维新以迄五四，“写字的人”多借新闻纸作“自己的园地”，周作人之于《晨报副刊》即是一例，《亦报随笔》亦其流风馀韵乎。

周作人已矣，其人固不得原谅，其文却似乎可传，因为它们所包含的知识和见解是客观的存在，而在文章欣赏上亦自有其美学的价值。陈婆即使真有麻子，所烧的豆腐固未尝不好吃也。我所希望者，在放言高论的大块文章中间，尚能为此类随笔留少少馀地，它们虽决不能如名角的拿手戏那样中看或动听，但“读了不会发生什么兴趣”的人总还不至成为绝对大多数以至彻底清一色吧。

（一九八七年九月）

《知堂集外文》序

人归人，文归文。——这是我为出版社重印周作人著作所写广告词开头的两句话，意思就是说：人呢，是什么样的人就是什么样的人；文章呢，是什么样的文章就是什么样的文章。

或问：你这样看人看文的方法对不对？是否有例可援呢？

答曰：有。

第一个例子就是鲁迅。

鲁迅决没有讲宽容的缺点，他同周作人兄弟失和以后，就“不是一股道上跑的车”。但正是鲁迅，在兄弟决裂十年之后，一九三三年美国记者斯诺采访时问他，自从五四新文学运动以来，中国出现的最优秀的散文作家是谁，他的答复仍然把周作人排在第一位，排在林语堂和他自己之前（见《新华文摘》一九八七年第十一期）。

第二个例子是周建人。

周建人曾任中共中央委员、人大副委员长，也绝不会立场不稳、观点模糊。一九八三年，他写了一篇题为《鲁迅与周作人》的回忆录，发表在当年第四期的《新文学史料》上，历述他和周作人断绝往来的经过。正是在这篇文章里，他仍然写道："冯雪峰对我说，他看过周作人的《谈龙集》等文章，认为周作人是中国第一流的文学家；鲁迅去世后，他的学识文章，没有人能相比。"

看来，鲁迅和周建人的原则，也是"人归人，文归文"。人呢，是什么样的人就是什么样的人；文章呢，是什么样的文章就是什么样的文章。

当然，鲁迅和周建人亦不是只论文，不论人。但在论人时，他们的态度也并不认为坏就一切都坏，连文章也写不好了。

"鲁迅没有讲过周作人的不好，只是对周作人有一个字的评价，那便是'昏'。"（《鲁迅与周作人》）

周建人的看法是："周作人自小性情和顺，不固执己见，很好相处；但他似乎既不能明辨是非，又无力摆脱控制和掌握……"

对于这样一个问题："鲁迅和周作人生长在同一个家庭里，受相同的教育，后来两人所走的道路，为什么这样不同？"周建人的答案是："我虽然了解他们生活中的细枝末节，但也只能知其然，而不知其所以然。……两人是怎么分手的呢？如今回想起来，颇有独特之处，它不是表现在政见的不同、观点的分歧，而起源于家庭间的纠纷，造成兄弟失和。……我缺乏研究，不知其所以然。”

既是同胞兄弟，文化水平又同属最高层次，而且还“了解他们生活中的细枝末节”，但因“缺乏研究”，还“不知其所以然”，然则研究岂易言哉！我纵然满心希望把周作人说得比鲁迅和周建人所说的更坏一些，但终究不能不承认对周作人的了解比他们更少，更缺乏研究，正所谓心有馀而力不足，徒唤奈何而已。

陈子善先生又要我为他编的这本《知堂集外文》作序，仍无法推托，只能恪遵知之为知之、不知为不知的古训，将鲁迅和周建人的话抄一点下来，聊以塞责。陈君见之，得无厌其为迂乎！

（一九八八年一月）

《知堂谈吃》序

吃是人生第一事，比写文章重要得多。“民以食为天”这话谁都承认，不像“文章千古事，得失寸心知”之类文人自我陶醉的雅言，一句“吃饱了撑的”就足够使摇而晃之的脑袋低成九十度。其实文人也是人，他的第一件事也是吃，不过他未必善于吃，更未必善于谈吃。《招魂》和《七发》都谈了吃，但一是为了骗死人，一是为了骗活人，谈吃而意实不在吃。束皙《饼赋》、陆羽《茶经》，算是专谈吃的了，却又太像烹调指南和食谱，文学性稍嫌不够。我们这些普通人感兴趣的，例如苏东坡这首诗：

三年京国厌藜蒿，长美淮鱼压楚糟。今日骆驼桥下泊，恣看修网出银刀。

不知列位看官感觉如何，鄙人所欣赏的则不止活蹦乱跳的鲜鱼，首先还是苏东坡那一副若无其事的态度。贬谪出京，在以做官为性命的人看来，应该如丧考妣了，可是他却因为可以享受一顿早已艳羡的美味而洋洋得意，简直比连升三级还高兴。对照一下我们自己，如果一年到头被包袱和帽子压得驼背弯腰，什么菜肴到口里都味同嚼蜡，岂不太窝囊，太对不起自己这一世了吗？

由此可见，谈吃也好，听谈吃也好，重要的并不在吃，而在于谈吃亦即对待现实之生活的那种气质和风度。

红日当窗近午时，肚中虚实自家知。人生一饱原难事，况有茵陈酒满卮。

有此种气质和风度，则在无论怎样枯燥、匮乏、窒息的环境中，也可以生活，可吃，可弄吃，可谈吃，而且可以吃得或谈得津津有味也。

鄙人非美食家，上茶楼酒馆的次数非常少，却喜读会写文章的人偶尔谈吃的文章，盖愚意亦只在从杯匕之间窥见一点前辈文人的风度和气质，而糟鱼与茵陈酒的味道实在还在其次。今应出版社之请，将知堂谈吃文并诗共百篇辑为一册，书此数行，即以为序。

（一九九〇年十一月）

《知堂谈吃》重印题记

本书为十四年前应卫建民君之约而编，出书以后听说反映还好，得过个什么奖，卫君曾告诉过，我却早就忘记了。

知堂其实并不是一个讲究吃的人，我也一样。我喜欢这些文章的原因，正如原序所说，并不在于他谈吃这件事本身，而在于他谈吃也就是对待生活的态度，当然文章写得好也是很重要的一点。

段春娟女士看中了这本小书，决定重印它，我以为是很有眼光的，所以欣然同意。我以为，尽管如今吃得更好更讲究，谈吃的也更多，“肚中虚实自家知”的却未必能有几个，写得出这样文章的就更少了。

（二〇〇四年初夏）

《儿童杂事诗笺释》的前言和后记

笺释者言

一九五〇年在湖南报社，偶见上海《亦报》载《儿童杂事诗》，署名东郭生，丰子恺插图，读而好之；然年方弱冠，又忙于打背包下乡，无所谓私生活，匆匆不克辑存，亦不知东郭生之为谁也。一九五七年后，力佣维生，引车夜归，闭门寂坐，反得专心读书，因问 Rouse 所述希腊神名事，与译者周遐寿先生通信，始知东郭生即其笔名，重读《遇狼的故事》，为唏嘘者久之。后遂蒙寄赠《亦报》剪报全份，“文化革命”，幸得保全，前岁发愿为作笺释，上海陈子善、香港卢玮銮诸君各以所藏见示，清晰俱不如之，岂非文字遇合，亦有前缘耶。年来以脑出血病废，写载道之文已无此力量，为言志之作又缺乏心情，惟以此遣有涯之生耳。牟默人跋《蜂衙小记》引昌黎诗云，“尔雅注虫鱼，定非磊落人”。予历经坷坎，夏日秋风，意气销磨，形神俱敝，又何能磊落，何能做磊落人耶？周氏自谓，“这一卷所谓诗，实在乃只是一篇关于儿童的论文的变相”；又云“以七言四句，歌咏风俗人情，本意实在是想引诱读者进到民俗研究方面去，从事于国民生活之史的研究，此虽是寂寞的学问，却于中国有重大的意义”。常见人慨叹文艺大家殊少为儿童创作，又每论及民俗研究之少成绩，此诗此画，或亦稍有助于风气之重开。予不敏，未能多读书，笺释本不易，然“路路通”“滚灯”诸条，虽不敢妄拟前贤之钻研穷极，亦可谓已尽心尽力刻意搜寻，盖生为中国人，虽惭磊落，而于吾土吾民之过去现在及未来，实未能忘，亦不敢忘也。丰氏之画未必尽慊周氏之意，但早负重名，辄肯为此诗插画，即足征诗之价值；而相得益彰，在为儿童与为学术两方面，画亦与诗同臻不朽矣。予之笺释得附骥以传，虽阁笔不再为文，亦可以无憾云。

（一九九〇年四月）

笺释后记

《儿童杂事诗》七十二首，从一九五〇年二月二十三日开始在上海《亦报》上登载，到五月六日全部登完。丰子恺先生为其中的六十九首诗画了插图，只有乙之二、五、七三首，登出时注明了“此诗无画”或“今日无图”，这次便托戴文葆先生转求毕克官先生补画了三幅。还有乙之二一俞理初附一首咏李卓吾，本不涉儿童事，原来亦无插图，现在也就不再增补了。

这七十二首诗分甲、乙、丙三编，分咏儿童生活和儿童故事，原来有的一题一诗，也有的一题数诗，从手迹上可以看出。如甲之一题曰《新年》，甲之二和甲之三都没有另立题目，《亦报》刊出时就标题《新年二》和《新年三》了，这次我按诗意改题作《压岁钱》和《下乡做客》，翻阅时大约可以醒目一点。

我向不主张用摘抄字典辞书的方法替古诗文“作注”，反对代替读者去查工具书。以旧时读书人的眼光看，这些“笔画代口耳”的牛山体诗实在也无须加注。但所咏者不外岁时、名物、儿童游戏，一句话叫作民间风俗，又都是清末戊戌前后即距今百年以前的，从民俗学和文化史的意义来说，就成为有价值的资料了，对研究儿童教育和儿童文学亦是如此。周作人自己在《儿童诗与补遗》文中说过，这方面的材料很多，未必都能做成诗，“用散文写下来也好，文化建设的高潮中，民俗学自然也占一个地位，这种资料都是必要的而且有价值的”。故笺释专门注意这一方面，首先从周氏本人一生“用散文写下来”的数百万言著作中找材料，并旁及其他，地方文献、野记杂书、故老言谈、友朋通信，都在采辑之列。凡引周氏本人文字，只述出处，不再署名，以免词费。他人著作，也只在首次引用时署名。至于像观鱼《回忆鲁迅房族三十五年间（一九〇二—三六）的演变·附录绍兴的风俗习尚》这样的长名，又一再引用，就只简称《绍兴的风俗习尚》了。

周作人手迹的最后两行题记，写明是“一九六六年八月十四日重录一过”。查周氏日记，是年三月二十三日记“偶作谐诗用辘轳体云：春风狂似虎，似虎不吃人，吃人亦无法，无法管风神……”七月十八日记“王益知来，代行严致意，甚可感荷”，行严即章士钊。八月四日记旧书店“刘满进来，云现因搞运动，故停止收购中外书籍，只可作破烂收斤卖矣”。八月十三日记“抄录儿童杂事诗，昨今得甲乙两编”。十四日记“上午抄儿童诗丙编，至下午了”，与题记正合。二十日记“阅毛主席语录，此书不能买到，今日从吉仲借看”。二十一日记“作致王益知信，且看答复如何”。二十三日仍未见有答复，“上午阅毛泽东论文艺”，日记即止于本日，距重录此编仅九日，盖即其绝笔矣。

（一九九〇年七月）

《儿童杂事诗笺释》修订本题记

《儿童杂事诗笺释》作于一九八九年秋冬间，时情绪极差，交付出版社时写的《笺释者言》有云：

> ……做载道之文已深觉厌倦，为言志之作又缺乏心情，惟以此遣有涯之生耳。牟默人跋《蜂衙小记》引昔人诗云：尔雅注虫鱼，定非磊落人。予历经坷坎，夏日秋风，意气销磨，形神俱敝，又何能磊落，何能做磊落人耶？盖有感于知堂所云，“这一卷所谓诗，实在乃只是一篇关于儿童的论文的变相”，又云，“以七言四句，歌咏风俗人情，本意实在是想引诱读者进到民俗研究方面去，从事于国民生活之史的研究，此虽是寂寞的学问，却于中国有重大的意义”。常见人慨叹儿童文学的肤浅单调，以及民俗研究之少成绩，因思及此诗此画，当亦稍有助于风气之重开。

予固不敏，未能多读书，笺释本不易。然尽心尽力，虽不敢妄拟前贤之钻研穷极，亦可谓已竭尽绵薄着意搜寻。生为中国人，虽惭磊落，而于吾土吾民之过去现在及未来，实未能忘，亦不敢忘也。

这便是我当时发愿作笺释的原因，当然要得到理解也难。买书的人，也许只是见到画儿有趣，或者因为印得也还别致，才破费买它一本看看的吧。故而文化艺术出版社只印三千本，之后即未再重印。转眼七八年过去，当初热心支持我笺释和交付出版的周丰一先生，已于一年前离开这个世界。我亦年近七旬，居高楼绝少履平地，越来越感到了寂寞。日前读《广阳杂记》至“……十九首曰：不惜歌者苦，但伤知音稀。非但能言人难，听者正自不易也”，不禁悲从中来矣。

笺释后来又得了些可补充的材料，原印本亦有数处阙误，中华书局有意重印，因为修订付之，并题记如右。

（一九九八年十一月）

《儿童杂事诗笺释》新版序

农历庚寅年除日，看《藏书报》，杨小洲介绍嘉德拍卖会“旧时月色”专场，一幅周作人《儿童杂事诗》条幅，拍到了三百多万元。杨君因而感叹道：“藏家求姿色，求品相，还追求‘旧时月色’里的一缕情怀，这是否可视为，文化的价值也涨了几百万……”

杨君的感叹引起了我的回忆。一九六三年十一月二十四日，在长沙拖板车的我写信给周作人，讲完要讲的话以后，还“求先生为我写一条幅”。很快便收到了二十九日从北京新街口八道湾十一号寄来的回信，信中说：“需要拙书已写好寄上，唯不拟写格言之属，却抄了两首最诙谐的打油诗，以博一笑。”

这两首诗，便是《儿童杂事诗》甲之十和十一，亦即《书房》和《带得茶壶》两首。本书正文中影印的手迹为一九六六年所书，给我的条幅上的笔墨，却好像跟本书附印的一九五四年写本更为接近。拍卖得三百多万元的条幅上写的是哪几首诗呢？打电话问杨小洲，手机通了却没人接，连续几次都是如此，暂时只好存疑。

遗憾的是，周氏赠我的条幅，“文化大革命”避祸转移时所托非人，被他人隐匿占有了。但我想他还不至于敢拿去拍卖，因为条幅题有上款，我的子女和年轻的朋友们总会注意着它的。

报上的新闻，我家的旧事，都可以说明：周作人的作品，包括他的诗和他的字，确实会有人喜欢，确实有欣赏的价值。周氏的“嘉孺子”——替儿童着想，为儿童创作，也确实是他思想上和文字上的亮点，而《儿童杂事诗》七十二首即其代表作。这一点，不必等到“旧时月色”专场，至少在四十八年以前，我就这样认为了。

《儿童杂事诗》的价值虽然是永恒的，但它写的却是过去的儿童生活和儿童故事，语言文字用的也是过去式，今天的读者未必都熟悉；方言和习俗，异时异地的人，有时更会感到陌生，笺释就成为必要了。故我在二十多年前即发愿做这件事——但笺释亦不容易，成书后三次重印，每次都有或多或少的补充修改。这次则是大改，改掉了原来大字直行的版式，字数增加了，内容也作了比较多的增添。

此书原来只影印了一九六六年的周氏写本，手写繁体字和不规范的省笔，年轻人难认识。此次在影印七十二首诗手迹的同时，将诗、注的全文和笺释改用简体字横排，以便阅读。又将一九五四年写本全文影印作为附录，以便于读者对照欣赏。

丰子恺插图原作早已不存，只有《亦报》刊载的六十九幅锌版图传世。原来勉强将其放大，反而失真难看，读者意见最多。此次改按《亦报》原大刊登，庶几少失原作的精彩。

安徽大学出版社要我为《笺释》新版写篇序言，正好看杨小洲文有些感触，便匆匆写下了这篇“笺释新序”，并将原有的“笺释者言”改题“笺释原序”了。

（二〇一一年二月）

《周作人文类编》序

这十卷书是周作人的文集，却是我所编的。从一九八四年开始搜集材料到一九九五年全书编成，十年之中，我一直在想该为这部新编的书准备一篇什么样的序言。周作人的书是不要别人作序的，“鲁班门前掉大斧”又是令人齿冷的费力不讨好的工作，想来想去，觉得还是选一篇他自己写的东西放在卷首较为得体。选的结果，便是下面这首《丙戌杂诗》之一的《文字》：

半生写文字，计数近千万。强半灾梨枣，重叠堆几案。
不会诗下酒，岂是文作饭。读书苦积食，聊以代行散。
本不薄功利，亦自有誓愿。诚心期法施，一偈或及半。
但得有人看，投石非所憾。饲虎恐未能，遇狼亦已惯。
出入新潮中，意思终一贯。只恨欠精进，回顾增感叹。

诗中表白了他写文章的态度——不只是为了消闲（下酒）和维生（作饭），而是怀着誓愿，在向大众传道作布施，自从五四新文化运动以来（出入新潮中），这个意思总是一贯的。诗中又表示了他对自己所写的文章的期望——只要能有人看，即投石遇狼，亦非所憾了。

这一首诗，他曾写出来送给我，可惜在“文革”中散失了，只留得他题赠的一册译作《伊索寓言》和一封信，作为和晚年的他交往的纪念。现我以十年之力编成这十卷书，“但得有人看”，也就算是对他“诚心期法施”的一点回报。

周丰一先生信任地委托我编辑本书，上海陈子善先生允许采用所编《周作人集外文》材料并提供报刊复印件，香港鲍耀明先生和罗孚先生惠借珍藏的周作人未刊手稿和照片，均此志谢。

（一九九五年四月）

《周作人文分类全编》新版题记

这一部书，一九九八年在湖南文艺出版社出版，面世已经二十二年了。

二十二年之后，原来的出版社，仍来重印这一部书，这就说明，在这二十二年中，它经历了时间的考验，通过了读者的检阅，证明了是一部站得住的周作人文集。

其所以能如此，百分之九十九当然是由于周氏文章的力量。但编者百分之一的微劳能被认可，亦不胜感慚。为了报答读者的信任，我们决定不只是简单地重印，而是加做了下列工作：（一）修订改正了周氏原本错讹一百九十五处并增出了校记。（二）增补了原编失收文五十一篇。（三）调整了版式和字体。（四）将书名由《周作人文类编》改为《周作人文分类全编》，编次由十卷改为二十卷。

这些工作做得好不好，仍然只能读者说了算；我们当一如既往，虚心求益，不断改进。

（二〇二〇年四月）

《周作人文选》序

这四卷周作人的文章，是周氏散文的选本而非全集，共选文七百零六篇，近一百七十万字。

选的标准只有一条，即是我最喜欢的文章。喜不喜欢，全凭我自己的主观感觉。认同不认同呢，那就全凭高明的读者了。

若求对周作人其人其文有一个接近全面的了解，自须通读其全部著译，例如一九三二年由邓广铭（恭三）笔记的《中国新文学的源流》，一九九一年即周氏去世后二十四年才由人民文学出版社出版的《卢奇安对话集》，就都具有极重要的研读价值，这四卷里头却并未选入。即使只读文章，也最好能读其全部，而任何选本包括此一选本，都只是部分而非全部。

所选文章均按写作（发表）年月顺序编次：卷一收一八九八年至一九二九年的一百八十八篇，卷二收一九三〇年至一九三六年的一百四十五篇，卷三收一九三七年至一九四四年的一百五十九篇，卷四收一九四五年至一九六六年的二百一十四篇。

我在编辑《周作人散文全集》的工作中，共校改原件（印本、报章、杂志、抄件、手稿）脱讹倒衍文字数千处，一一出有校记。此系选本，当求简易，故只径改错讹，不出校记。

十年前在湖南开始整理印行周氏著作时，我在北京的报纸上登过一则广告，提出：

> 人归人，文归文。周作人其人的是非功过是另一问题，其文的主要内容是对传统文化和国民性进行反思，对中西和中日的文化历史作比较研究，今之读者却不妨一读。

意思就是说，其人的是非功过自有公论，其文则文化价值和文学价值具在，理所当然有出版的价值。一九八四年陈子善编《亦报随笔》，我又在给他写的序言中说道：

> 关于周作人，我只能辑其文，不能论其人。我不过是一名编辑，不是什么研究家、批评家。我的工作是印行旧籍遗文，使想看的人能够买得去看，想批评研究的人也才有材料好拿去做文章。或供于牺牲坛前，或钉在耻辱柱上，都悉由尊便。

最后又写道：

> 周作人已矣，其人固不得原谅，其文却似乎可传，因为它们所包含的知识和见解是客观的存在，而在文章欣赏

上亦自有其美学的价值。陈婆即使真有麻子，所烧的豆腐固未尝不好吃也。

这至今仍然是我的观点。

（一九九五年十月）

《周作人美文》序

周作人于一九二一年首创“美文”一词，他在现代美文创作上的首席地位，有胡适、鲁迅二位作证，大约无可怀疑。胡适在《五十年来中国之文学》文中说，“散文方面最可注意的发展，乃是周作人等提倡的小品散文”，把他作为成功的代表。鲁迅在答复斯诺问中国最优秀的散文作家是谁时，也把周作人排在第一， 排在林语堂和他自己之前。

周作人活了八十多岁，写了近七十年文章。在这个世界上，他确实留下了许多可以称为美文的作品；但这并不是他工作的全部，也不是他工作的大部。他在《两个鬼的文章》中写道：

> 我的确写了些闲适文章，但同时也写正经文章，而这正经文章里面更多的含有我的思想和意见，在自己更觉得有意义。

接着解释他的所谓“闲适小品”道：

如英吉利法兰西的随笔，日本的俳文，以及中国的题跋笔记，平素也稍涉猎，很是爱好，不但爱读，也想学了做，可是自己知道性情才力都不及，写不出这种文字，只有偶然撰作一二篇，使得思路笔调变换一下，有如饭后喝一杯浓普洱茶之类而已。这种文章材料难找，调理不易。其实材料原是遍地皆是，牛溲马勃只要使用得好，无不是极妙文料，这里便有作者的才情问题，实在做起来没有空说这样容易了。我的学问根柢是儒家的，后来又加上些佛教的影响，平常的理想是中庸，布施度忍辱度的意思也颇喜欢，但是自己所信毕竟是神灭论与民为贵论。这就与诗趣相远，与先哲疾虚妄的精神合在一起，对于古来道德学问的传统发生怀疑，这样虽然对于名物很有兴趣，也总是赏鉴里混有批判，几篇《草木虫鱼》有的便是这种毛病，有的心想避免而生了别的毛病，即是平板单调。那种平淡而有情味的小品文我是向来仰慕，至今爱读，也是极想仿做的，可是如上文所述实力不够，一直未能写出一篇满意的东西来。以此与正经文章相比，那些文章也是同样写不好，但是原来不以文章为重，多少总已说得出我的思想来，在我自己可以聊自满足的了。

这里所说的神灭论与民为贵论，便是赛先生与德先生，实在是理解周作人思想与文章的津梁。就是只想欣赏美文（所谓的“闲适小品”），亦当率由此道，才不致得鱼忘筌，舍本逐末。

《两个鬼的文章》写成以后，直到一九五九年才编入《过去的工作》在澳门出版，像我这样在长沙城里拉板车的右派分子，当时自然无法看到。但是，我于一九六三年写给周作人的一封信中也是这样说的：

> 先生的文章之美，固然对我具有无上的吸力，但还不是使我最爱读它们的原因。我一直以为，先生文章的真价值，首先在于它们所反映出来的一种态度，乃是上下数千年中国读书人最难得的态度，那就是诚实的态度……无论是早期慷慨激昂的《死法》《碰伤》诸文，后来可深长思的《家训》《试帖》各论，甚至就是众口纷纭或誉为平淡冲和或詈为“自甘凉血”的《茶食》《野菜》那些小品，在我看来全都一样，都是蔼然仁者之言。先生对于我们这五千年古国，几十兆人民，芸芸众生，妇人小子，眷念是深沉的，忧愤是强烈的，病根是看得清的，药方也是开得对的。

时年不满三十的苦力，当然不敢在五四文坛老宿面前妄托知己，不过在读到周作人随后写了寄来给我的古人诗句“万卷纵观当具眼”（下句是“一言惟恕可铭膺”）之后，我还是不禁暗喜。因为于冥冥长夜中知道自己还有一双看得出好坏的眼睛，在漫漫长路上也就不会像原来那样不知所从了。

因为我喜欢周作人的文章（不仅仅是他的美文），又因为周作人在他生命的最后几年里给我的一点知己之感，又因为能得到周丰一先生的信任和委托，遂以十年之力搜集、整理了周氏近三千篇文章。事实正如他自己所说的那样，在这近三千篇文章中，正经的文章确实比闲适的小品多得多。当然，周作人的正经文章，同样有他所特有的文章之美，即如《两个鬼……》这一篇，信手拈来，“道士与狐所修炼得来的内丹”，“饭后喝一杯浓普洱茶”，又何尝不是巧妙地使用了“文料”，使一篇说理文达到了极有情味的境界。他一再声言自己实力不够，性情才力不及，写不好纯文学的美文，但正如他过去说过的，这里的自谦也就是自夸了。《两个鬼……》在最后重申他作文的原则是言必由衷，道：

> 其实这样的做也只是人之常道，有如人不学狗叫或去咬干矢橛，算不得什么奇事，然而在现今却不得不当作奇事说，这样算来我的自夸也就很是可怜的了。……俗语云，无鸟村里蝙蝠称王。蝙蝠本何足道，可哀的是无鸟村耳，而蝙蝠乃幸或不幸而生于如是村，悲哉悲哉！蝙蝠如竟代燕雀而处于村之堂屋，则诚为蝙蝠与村的最大不幸矣。

这恐怕想要不称其为美文亦不可得了。

但是，除了大量的正经文章外，周作人毕竟还写了一些为消遣或调剂之用的“闲适文章”。香港潘耀明先生约我在这一部分文章中选若干篇，编一卷《周作人美文》。香港的村里当然是有鸟的，而且会唱歌的鸟恐怕还会越来越多，但是感受一点无鸟村中蝙蝠的悲哀，我觉得仍然有些意思。

我选的七十八篇文章，只占三千篇的百分之三不到，但写作跨度同样从光绪戊戌到“文化大革命”长达六十八年，与周作人的写作生涯相始终。每篇都在题下注明了写作年份，可见文章与世变相因，作者思想与风格的逐渐形成也能看得比较清楚。《山中杂信》以前的七篇属于“少作”，用的是文言，但仍是大作家形成期的面影。其馀有的是历来传诵的名篇，有的则是普通读者也许比较生疏，却为我所深爱，觉得可以作为美文向大家推荐的。

因为是“美文”，当然没有包括周作人自己更加看重的正经文章，但也有意识地加入了两篇有点“搭界”的文字。一篇是一九二一年写的《碰伤》，是他见到北洋政府残杀学生的感想；一篇是一九五七年写的《谈毒草》，是对“百花齐放，百家争鸣”政策私下所作的一点补充。我想借此说明，周作人并不是只在寒斋喝苦茶的人。对于能读他全部文章的人，当然用不着这样说明；但对于只看看选本，尤其是接受过“文学教育”和“文学批评”的读者，恐怕便有此必要。当然，这两篇文章也还是美文，广义的，正如周作人所有的文章一样。

（一九九六年六月）

《周作人散文全集》编者前言

人归人，文归文。

——一九八六年撰广告语

一九九八年春节之前，《文汇读书周报》上登了我的一则小文《辞年》，里面说：

> 我还有什么好辞呢？……离休后已经辞谢了要我在原单位“发挥馀热”的好意，决心从此只读自己想读的书，只说自己想说的话，只写自己想写的文章，当然也许还会要编几本自己想编的书。……

这想编的书，首先便是周作人的散文全集，而“人归人，文归文”六个字，便是我做这件事情的最初的宣言。

八十年代初重操旧业，即有心辑印周作人的文章。因为从八九岁时起，看了兄姊的“复兴初中国文教科书”，我便喜欢上了《故乡的野菜》和《卖汽水的人》的文字。反右派后流落长沙市上，白天拉板车，晚上在暗淡的十五支光下，用红色横格“材料纸”给八道湾十一号写信，意外地很快便得到回信和题赠的书，后来又收到过写在宣纸上的一首诗：

半生写文字，计数近千万。强半灾梨枣，重叠堆几案。
不会诗下酒，岂是文作饭。读书苦积食，聊以代行散。
本不薄功利，亦自有誓愿。诚心期法施，一偈或及半。
但得有人看，投石非所憾。饲虎恐未能，遇狼亦已惯。
出入新潮中，意思终一贯。只恨欠精进，回顾增感叹。

此乃周氏作于老虎桥的旧作，我却把它看成前辈文人给予的一份嘱托。七十老翁何所求，一位在五四运动中“出入新潮”的老作家，居然认为我这个板车夫还能懂得他的文章，我又怎能不怀着知己之感，努力去理解他的“誓愿”，让“诚心期法施”的气力不至于东风吹马耳般白白地浪费掉呢？

于是当自己有选题出书的可能时，便立即编印了一部《知堂书话》，这是新中国成立后出版的第一部署名“周作人著”的新书。接着又开始印行《自己的园地》《雨天的书》等“自编文集”的单行本，并在报纸上登了一条“重印周作人著作”的广告，开头几句是：

> 人归人，文归文。周作人其人的是非功过是另一问题，其文的主要内容是对传统文化和国民性进行反思，对中西和中日的文化历史作比较研究，今之读者却不妨一读。

谁知《秉烛谈》还没印成，湖南的“三种人”（《查泰莱夫人的情人》《丑陋的中国人》和“周作人”）就挨批了。有人对“人归人，文归文”尤其不以为然，质问道：“政治上不好的人，文章能好吗？”

讲政治非我之所长，亦非我之所愿。幸亏讲政治的人中也还有懂文学、懂周作人的，才使我没有再一次落到一九五七年和一九七〇年那样的境地。内情到后来才明白，一九九一年五月十九日黄裳来信告诉我：

> 去年乔木来沪，一次谈天，谈及周作人，他自称为“护法”，并告当年吾兄呈请重刊周书事，最后到他那里，他不顾别人反对批准的，谈来兴趣盎然。

从此我便对乔木有了一种好感，虽然他的文章我只读过一篇《短些再短些》。后来秦人路又给我看过楼适夷写的一封信，也说到乔木和周作人：

> 五二年我调入我社（指人民文学出版社）任职以后，记得胡乔木同志在中南海，曾召我谈话约二小时，是专谈

周的。他认为周是有功于新文化运动，在文学上饱学博识，为国内难得人材，出版社应予以重视，好好照顾他的生活待遇与工作条件。还说，过一段时期，还可以出版他的旧作。

现在能出版周的文集，我很赞成。我认为周作汉奸，如未有党的指使，则并无平反问题，但即为汉奸，其书今天仍可出版也。

这岂不也是“人归人，文归文”的态度么？

但重印周作人作品的事仍然进行得不顺利，后来我在岳麓书社“落选”后，这事就完全中断了，广告过的三十五种“自编文集”终于没有出齐。

对于有心做事的人来说，想做的事被迫中途放弃是难受的，也是不甘心的。于是，我谢绝返聘，正点离休，“亦自有誓愿”，这誓愿就是一定要把周作人的散文作品像模像样地印出来。我相信，乔木和适夷的观点，应该是一切看重文学看重文人的人的观点，如果国家民族还有希望，这观点总会慢慢为多数人接受和认同，周作人的书终归是会得出、出得好的。离休后成了老百姓，编书成了个人的事，爱编什么就编什么，爱怎么编就怎么编，既不必请示报告，也无须谁来批准，最坏的结果无非是编出来印不了， 那也没什么了不起。今年印不了，来年总会印；今生印不了，来生总会印。“挖勘寻蛇打”似的在文人中寻斗争对象，对与人奋斗感到其乐无穷的人，总不会生生不息、永远一言九鼎的。

那么，周作人的文章怎样来编呢？最省事当然是像台湾里仁书局那样，将周氏自编文集三十多部一次影印出版。但周氏集外文的数量特别多，尤其是一九一八年以前和一九四九年以后的文章，大都没有结集，怎么办？其自编各集亦多排印错误，且不少重复，从报纸杂志上辑录来的集外文，错字更多，这又怎么办？想来想去，只有一个办法，即是把周作人已刊未刊集内集外的散文作品尽可能搜集起来，尽自己的能力认真进行校订，在编年的基础上编成一部完整的散文全集。

这件事对于我来说，不是那么容易做的。对周作人有研究的人很多，学识水平、编辑经验、工作条件优于我的亦复不少。但有本事做学问的人不太可能拿出几年的时间替出版社当校对，同时大量集外文又已经陆续汇集到了我这里（这得感谢鲍耀明、罗孚、陈子善诸位），再加上我和周氏晚年有过的那点交情，这在他无非是普遍的“法施”，在我却是诚心地领受，那么，就让我以离休后的精力和时间，编校出这部全集，也算是对所得布施的一点回报吧。

编散文全集的目的是存文，因为我喜欢周作人的文章，觉得这样的文章值得存。而且我知道，不仅仅只有我，在天地之间，也还有别人喜欢周作人的文章，看得起它们的。不是说，“有人群的地方就有左、中、右”吗？现在便请三位前辈文人来当代表。

第一位是鲁迅。据斯诺夫人海伦提供的原始采访记录，斯诺于一九三三年二月二十一日以书面形式向鲁迅提出了三十六个问题，鲁迅都一一作了回答，诸如：

> **请问，一九一九年五四新文化运动以来，中国出现的最好的长篇小说家是谁？**
>
> 当代中国还没有出现很有名的长篇小说家。
>
> **最好的短篇小说家是谁？**
>
> 茅盾、丁玲、郭沫若、张天翼、沈从文、郁达夫、田军。
>
> **最好的剧作家是谁？**
>
> 郭沫若、田汉、洪深。噢，最近有位有名的左翼剧作家叫作曹禺，他的作品在天津上演了。
>
> **最好的散文作家是谁？**
>
> 周作人、林语堂、周树人（鲁迅）、陈独秀、梁启超。

在这里，鲁迅将周作人列为“最好的散文作家”的第一名，在林语堂和他自己之前，而此时他们早已“兄弟失和”了。

第二位是巴金。李辉《与巴金谈沈从文》记下了巴金谈周作人的两句话，一句是：“周作人的文章写得好。”还有一句是：“人归人，文章还是好文章。”

请注意，巴金说的，也是“人归人”。

第三位是胡适。陈之藩《在春风里·纪念适之先生之八》这篇文章中写道：

> 胡先生对周作人的偏爱，是著名的。他曾不止一次的

跟我说："到现在还值得一看的，只有周作人的东西了。"他在晚年是尽量搜集周作人的东西。……我如果说："不要打呀！苍蝇正在搓搓手搓搓脚呢。"（锺按：原文是"不要打哪，苍蝇搓他的手，搓他的脚呢。"）他似乎就想起了苦雨庵中的老友。在他回忆的茫然的眼光里，我看出胡先生对朋友那份痴与爱。

"到现在还值得一看的，只有周作人的东西了。"这便是胡适晚年对周氏文章的评价。

当然，比鲁迅、巴金、胡适更会评判文章的人，或者自以为比鲁迅、巴金、胡适更会评判文章的人，在我们这里总是有的。但鲁、巴、胡三位，大体上总可以代表着大多数正常人的看法。

至于周作人本人，则似乎并不以文章为重，他在《苦口甘口·自序》中说：

我一直不相信自己能写好文章，如或偶有可取，那么所可取者也当在于思想而不是文章。

这思想是什么样的思想呢？随后他在《两个鬼的文章》中有一概括的说明：

自己所信毕竟是神灭论与民为贵论，这就与诗趣相远，与先哲疾虚妄的精神合在一起，对于古来道德学问的传统发生怀疑。

神灭论不信灵魂不灭，讲求科学；民为贵论反对君王至上，追求民主：二者相加，岂不就是五四先贤们所要的赛先生和德先生，也就是科学思想与民主思想么？同一篇文章中又写道：

> 我的反礼教思想是集中中外新旧思想而成的东西，是自己诚实的表现，也是对于本国真心的报谢，有如道士或狐所修炼得来的内丹，心想献出来，人家收受与否那是别一问题，总之在我是最贵重的贡献了。至于闲适的小品我未尝不写，却不是我主要的工作。……英吉利法兰西的随笔，日本的俳文，以及中国的题跋笔记，平素也稍涉猎，很是爱好，不但爱读，也想学了做，可是自己知道性情才力都不及，写不出这种文字，只有偶然撰作一二篇，使得思路笔调变换一下，有如饭后喝一杯浓普洱茶之类而已。

如此看来，周氏自己倒未必是赞成“人归人，文归文”的，我说他的文章好，犹未免皮相。好在他“计数近千万”的文字绝大部分都摆在这里，是将它当作“道士或狐所修炼得来的内丹”，还是当作“一杯浓普洱茶”，也就是说，到底同意不同意“人归人，文归文”呢，就完全在于高明的读者了。

（二〇〇八年八月）

辑四

谈书一束

《过去的学校》序

人都有自己的幼年、成年和老年。在幼年，大家都要进学校，到学校里学习知识，学习生活的本领和做人的道理，从小学到大学，起码得十五六年。大学毕业成了家，很快又要为儿女进学校操心，这操心又得十五六年，就要退休了。退休以后，家里仍不会没有学生，还是得关心学校里头的事情。——且不必说千千万万终生在学校服务的男男女女，就是我们这些普通人，一生跟学校的关系也就够密切的了。

历史是发展的，文化是延续的。一页一页的历史，要由一代一代的人来创造；一代一代的人，又得从一所一所的学校里教育出来。从这个意义上说，学校确实担负着对于历史和文化，也就是对于国家和民族的巨大的责任。

中华民族是有悠久历史文化的民族，我们的学校也有悠久的历史。《史记》说，“三代之道，乡里有教，夏曰校，殷曰序，周曰庠”，庠序就是古代中国的学校。当苏格拉底、柏拉图、亚里士多德跟学生对话的时候，孔墨荀孟等人也有“从属弥众，弟子弥丰，充满天下”的盛况。北宋初年建立在江南的岳麓、石鼓、白鹿洞三书院，论起资格来，并不比牛津、剑桥、爱丁堡等不列颠三大学逊色。

诚然，过去的学校是过去了的事物，现在的任务是要面向未来；但是难道说我们的祖宗就没有干过什么好事？难道他们留给我们的就只有债务而没有遗产？欧几里得给普多勒迈一世讲授的几何学，我们今天仍然可以用作教材，当这位国王问欧几里得能否将假设和求证弄得更容易一些时，欧几里得的回答是：“大王，通往几何学是没有御道的。”而我们的孔子也实行“有教无类”的方针，他器重的学生颜回乃一介平民，在陋巷过着“一箪食、一瓢饮”的生活。

《过去的学校》的“过去”没有追溯到那么远，只从清末维新变法、初设新式学堂的时候说起。谈及这些“过去的学校”的老先生，蔡元培、沈尹默、潘光旦……多半是五四前后的人；下限则断在一九四九年，也就是新中国成立以前。新中国成立以后，那就只能说是“现在”，不能叫“过去”了。

这一段“过去”是刚刚成为过去的时光。它隔我们还不很远，也就是一代人、两代人以前的事情吧。这是现代学校（讲授现代自然科学，用现代方法研究传统文化，同时注意到德育、体育和美育的学校）在中国草创的阶段，也是共产党胜利新中国成立前的阶段。除了解放区和地下党主办的为数不多的学校外，共产党的领导在绝大多数过去的学校里，并没有成为事实。正因为如此，这些“过去的学校”在今天才更有比较研究的价值。它们虽然难以成为今后办学的样板，但毕竟是我们父辈和祖辈努力的成果。看一看这些文章，看一看过去的校长是怎样当的，过去的教师是怎样教的，过去的学生们是怎样学的，他们有过哪些失败的教训，又有哪些可取的经验，对于今天的校长、今天的教师、今天的学生，以及一切关心学校教育的人们，难道不是既有兴味又有益处的事情吗？

没有过去就没有现在，当然也就不会有未来。回忆过去，正是为了未来，为了现在。今年是一九八二年，距蔡元培出长北大已经六十多年，距西南联大在“破碎山河迎胜利”歌声中结束也已经四十多年了。在这几十年中，中国的学校究竟有了多大进步？抚今思昔，继往开来，我们这些老年人和成年人都是有责任的。编辑这本《过去的学校》，也就是想来略尽一分责任，区区此意，读者鉴之。

（一九八二年七月）

《过去的大学》新序

“过去的大学”，是蔡元培、蒋梦麟、胡适当校长的北京大学，是梅贻琦当校长的清华大学，是罗家伦当校长的中央大学，是竺可桢当校长的浙江大学……

“过去的大学”，不是现代人在作总结，谈经验，作评论，而是当时的校长、当时的教师、当时的学生亲身经历的忆记。是茅盾讲他考大学，林语堂讲他读大学，钱穆讲他从教小学到教大学的经过……

二十三年前我编了这本书，二十三年后还有人要读这本书，还有出版者要印这本书，这就说明，“过去的大学”是有人愿意了解的，是有人忘记不了的。

二十三年前，我还看不到蒋梦麟、梅贻琦他们的著作，还不大敢把林语堂、罗家伦他们的文章编到书里去，这就是“历史的局限”。这种局限，在有些过去的校长、过去的教师、过去的学生写回忆文章的时候，也是不同程度地存在着的。但是，我相信，这并不影响他们回忆文章的价值。因为尽管天时阴晴不定，气候冷暖无常，人们有时不能不穿风衣戴帽子，但冬天过后总是春天，地球总是照样地转，该肯定的终归会得到肯定，不会磨灭的终归不会磨灭。

此次重印，内容增为五十篇，其中三十二篇为湖南教育出版社旧版所有，十八篇为新增。这五十篇绝大部分都是记事记人纪实的回忆录，只有胡适、梅贻琦、陶行知三篇“务虚”。这三位都是现代教育史上重要的人物，这三篇又是现代教育史上重要的文献。要看“过去的大学”，我想是不能够不看这三位和这三篇的。

旧版序文，“历史的局限”尤其明显。因为是旧书重印，因为得尊重历史，所以仍予保留。书名原叫《过去的学校》，但忆记大学的占了十之八九，现在干脆将讲中小学的几篇删去，为使用名副其实，便改为《过去的大学》了。

（二〇〇五年六月）

《凤凰丛书》总序

俗说凤凰不死，

死后又还会再生。

——沈从文

这套小书取名《凤凰丛书》，因为凤凰和龙一样，都是中国观念的产物，在某种意义上可以说是中国传统文化的象征。龙被捧得太神圣了，颇有点吓人，不是随便好搬弄的。凤凰则从来没有被赋予那么高大的权威和政治意义，使人觉得可爱多于可敬，和这套小书希望能够达到的目的比较合拍。

《凤凰丛书》专刊旧籍，不收新作，内容主要是：

有文化积累意义或学术艺文参考价值的一九一一年至一九四九年间的旧籍。

海内外关于中国、中国人、中国文化的研究著作和记述，当然也包括近现代学术文化人物的传记。

可以称为文史资料的海内外书刊、文献和其他资讯的辑录和汇编。

文化史、自然史、民俗学、民族学和中西交通史等方面的资料。

《凤凰丛书》的宗旨是宽容。入选之书，着重在史的价值和文的趣味，不一定代表编者和出版者的观点立场，不必要都打上五爪金龙的印记。

西方传说中也有所谓“凤凰”（phoenix），活满五百岁时，聚香木以自焚，从火中而新生。可见一件东西只要真有人喜欢，人们就不会愿意它永远死去。一本书或一篇文章，也是如此。

我们的《凤凰》切盼得到人们的帮助，欢迎大家提供选题，参加编辑，使它这一次能活得稍微长久一点。伊斯兰神话中的西摩尔格也是一种神鸟，“上帝把它创造得十全十美，但后来它变成祸害并被杀死”（*The New Encyclopaedia Britannica*），希望我们的《凤凰》的命运会比它好。

一九八六年五月二十日。

*　　　*　　　*

《凤凰丛书》的寿命不到三年就结束了。本文结尾时表示的希望，终于没有能实现。但想到自己还有那么一点点先见之明，又未尝不是件高兴的事。

【附】请读《凤凰》

我愿向读者（尤其是广大青年读者），介绍我们新出的一套小书——《凤凰丛书》。

书名凤凰（phoenix），是取凤凰再生之义。它不收新作，只选旧书。所谓旧书，既包括一九四九年以前出版的书，也包括过去海外所出而内地读者很少见到的书。

本来书一绝版，它的生命亦即结束。但如果它有“史的价值和文的趣味”（这是《凤凰丛书》选择的标准），那么就总会有人喜欢它，希望它能再生。例如下面这些书：

钱穆：现代中国学术论衡

杨东莼：中国学术史讲话

兴膳宏：六朝文学论稿

萨孟武：《红楼梦》与中国旧家庭

储安平：英国采风录

林语堂等：文人笔下的文人

蒋碧薇：我与悲鸿

曾宝荪回忆录（附年谱）

杨步伟：一个女人的自传

钱穆：八十忆双亲·师友杂忆

它们确实是旧书，但从某种意义上来说，又可以说是我们心目中的“新书”。它们所表示的观点立场不必和我们相同，但都有材料，有感情，更重要的是都有思想。

对于想多了解一点多样化的世界和人生，多了解一点丰富而复杂的文化历史，多认识一点过去并且通过过去走向未来的青年朋友，这些书定会引起你们的兴趣，正如它们过去曾经、现在也还在引起我的兴趣一样。

（一九八六年十月）

关于《曾国藩家书》

一九八九年四月十三日的《人民日报》刊登了薄一波回忆刘伯承的文章，谈到了他俩对曾国藩家书的看法：

> 伯承同志读的书很多，不独对马克思主义的书，就是对一些历史著作也经常阅读。大概是建国初期，一次他问我看过曾国藩的家书没有，我说早年读过。接着他讲了他的看法："这位曾文正公，其人不可取，但也不要因人废言。他的家书，也并非都是腐儒之见，其中有些见解，我看还是可以借鉴的。比如说，他给他的弟弟曾国荃写过不少的信，其时曾国荃镇守南京，已是万军之将。曾国藩在信中一条是劝他戒躁，处事一定要沉着、冷静、多思；另一条是劝他要注意及早选拔替手，说办大事者，以多选替手为第一义。"我插了一句："曾国藩讲的这两条，作为治军

为政之道，不无道理。”

文中刘伯承所云曾国藩劝国荃多选替手的话，见同治元年四月十二日与沅弟书：

> 保彭杏南，系为弟处分统一军起见。弟军万八千人，总须另有二人堪为统带者，每人统五六千，弟自统七八千，然后可分可合。杏南而外，尚有何人可以分统，亦须早早提拔。办大事者，以多选替手为第一义。满意之选不可得，姑节取其次，以待徐徐教育可也。

至于劝国荃戒躁、沉着的话，则讲过不止一次，如咸丰八年五月初六日与沅弟书：

> ……又接弟信，报抚州之复。他郡易而吉州难，余固恐弟之焦灼也。一经焦躁，则心绪少佳，办事不能妥善。余前年所以废弛，亦以焦躁故尔。总宜平心静气，稳稳办去。

又如咸丰十一年七月十七日书：

> 当此酷暑，贼以积劳之后，远来攻扑，我军若专守一静字法，可期万稳。……昔曹操八十万人自荆州东下，吴以五万人御之，而周瑜策其必败者，一料曹兵不服水土，

二料刘表水师新附不乐为用，三料暑热久疲；其后赤壁之役，果不出周郎之所料。

又如同治三年四月十三日书：

……弟信中有云“肝病已深，痼疾已成，逢人辄怒，遇事辄忧”等语，读之不胜焦虑。今年以来，苏浙克城甚多，独金陵迟迟尚无把握；又饷项奇绌，不如意之事机、不入耳之言语纷至迭乘，余尚愠郁成疾，况弟之劳苦过甚百倍阿兄，心血久亏数倍于阿兄乎？……此病非药饵所能为力，必须将万事看空，毋恼毋怒，乃可渐渐减轻。蝮蛇螫手，则壮士断其手，所以全生也。吾兄弟欲全其生，亦当视恼怒如蝮蛇，去之不可不勇，至嘱至嘱！

这些见解，刘伯承认为“可以借鉴”，薄一波也认为“不无道理”，应该说是代表了对曾国藩家书的一般持平的看法。

◇

曾国藩家书于一八七九年，即曾国藩死后七年的光绪己卯年，由长沙“传忠书局”印行。这虽非曾氏家书的全部，但却是过去传世通行惟一的本子，影响很大，所以至今仍有保存的价值。

俄谚有云，一滴水可以反映出太阳，那么一部书的起跌浮沉，也多少可以反映出时代的变化和发展，现在就让我们来看一看曾国藩家书问世以来的情况吧。

从一八七九年到一九四九年这七十年间，曾国藩家书几乎是每个读书人必读的书，薄一波、刘伯承都读过，那时候叫《曾文正公家书》。

当时读书人对这部书所抱的态度，则可以一九一七年为界，分为前后两期。前四十年的主流是仰慕和效法，虽说在辛亥前后，由于排满的影响，有些人对曾国藩替爱新觉罗氏朝廷出力不能原谅，但对他仰事父母、下教子弟这方面，大都是充分肯定的。后三十年西潮东渐，吴虞"只手打倒孔家店"，施存统作《非孝》，"父父子子"的传统观念从根本上发生动摇，尽管老一派的人还在佩服"曾文正""胡文忠"，新一派知识分子却已经看出，这些人的时代是一去不返了，而为了挣脱传统的束缚，却又非把传统的偶像拿来剖析研究不可。

总之，不管前期后期，旧派新派，从一八七九年到九四九年，曾国藩家书一直是读书人必读的书。

这个情况，一九四九年后发生了根本的改变。虽然毛泽东一九一七年说过他于近人"独服曾文正"，范文澜却在一九四七年宣布曾国藩是"汉奸刽子手"。从此，过去七十年间广泛流传的曾国藩家书，在一九四九年之后的三十年间一变而销声匿迹，就是想要"借鉴"也无从得到了。

◇

传统的封建文化不能导向民主与科学，中国之现代化无须熟读《离骚》，更无须熟读曾国藩的书。但是为了快步地走向明天，又必须深刻地认识昨天，清醒地面对今天。如果不查明遗传因子带给我们的先天性痼疾，不找出潜伏在我们大脑皮层和心肝血管里的病根，就不可能造成健康的自我和健康的后代。从这个意义上说，一切过去的文化积淀，我们都有责任加以清理；越是过去产生过大的影响的东西，越有必要加以重视和研究，从孔夫子到胡适之都是如此，曾国藩亦不例外。

站在“天父天兄天王太平天国”的立场，骂曾左彭胡诸人为“刽子手”，一点也不过分，但是汉奸这顶帽子戴在曾国藩头上却并不合适。曾国藩生于一八一一年，上距崇祯皇帝吊死煤山已经一百六十馀年，中国由满族人做皇帝已历顺康雍乾嘉五世，从他的爷爷的爷爷起即是清朝的臣民了。辛亥革命后实行的也是五族共和，满洲并非外国。即使站在崇祯、弘光的立场，将洪承畴、吴三桂等“贰臣”称为汉奸则可，将满汉统一两百多年后食朝廷俸禄为国家办事的人称为汉奸则不可。如果曾国藩算汉奸，胡林翼左宗棠自然也是汉奸，林则徐魏源等都是汉奸，严复康有为更是汉奸，汉奸也未免太多了。

退一步说，即使曾国藩经过清查定案，确实应该定为汉奸，汉奸的文献也仍然需要整理研究，尤其对于那些在当时曾起过重大作用（即使完全是坏的作用）、对后世仍然有重大影响（即使完全是坏的影响）的人，更应如此。历史是一门科学，研究科学不能“跟着感觉走”，即使将历史研究降低到编演旧戏的水平，舞台上也不能只有红脸而无白脸，只有阿庆嫂江水英而无刁德一王国禄也。

基于以上认识，我于一九七九年到湖南省出版局工作后不久，即提出整理出版《曾国藩大全集》的建议。一九八二年初，在国务院古籍整理出版规划小组会上，我又一次就这个问题作了发言。同年八月二十三日，经国务院批准公布的一九八二年至一九九〇年的《古籍整理出版规划》，遂正式将出版《曾国藩外集》（辑佚）和影印《曾文正公全集》同时列项。

这次应湖南大学出版社之约，将旧时通行本《曾文正公家书》校点重印，是为了给等不及全集出齐和买不起全集的读者，提供一个比较精简的本子。至于书名，“曾文正公”自不适用，就理所当然地称为《曾国藩家书》了。

◇

一切旧时通行本《曾文正公家书》的底本，都是光绪己卯传忠书局刻本，但原刻本也有错误。如道光二十二年九月十八日与四位老弟书，刻本卷一第三十页上第三行第四字起是：

子思朱子言为学譬如熬肉先须用猛火煮然后用漫火温予生平工夫全未用猛火煮过

后来的标点本即印成：

> 子思、朱子言：为学譬如熬肉，先须用猛火煮，然后用漫火温。予生平工夫，全未用猛火煮过。

细心的读者看了也许会纳闷，公元前四百多年的子思（孔子之孙），怎么和公元后一千二百年的朱子（朱熹）站在一起说话呢？“为学譬如熬肉”“猛火煮，漫火温”，确系宋儒口吻，先秦则似无此等文字也。

我前前后后翻看过近十种标点（断句）本，只发现一种本子即民国二十五年上海世界书局的印本（只圈断，无标点）改正了刻本的错误，原来这几句乃是：

> 予思朱子言。为学譬如熬肉。先须用猛火煮。然后用漫火温。予生平工夫。全未用猛火煮过。

原来是刻本将“予”字误刻成了“子”字，误导了读者。世界书局本把它改正，这才文从字顺，读得通了。

原刻本的错误还远不止此，“咸丰十一年十月廿四日谕纪泽书”，这里的年、月、日全是原刻本弄错了的，起首云：

> 初四夜接尔二十六号禀所刻心经微有西安圣教笔意……

信末本未署年月日，那么究竟是何年何月的初四呢？我是从曾氏日记中找出答案的，咸丰九年五月初三日记云：

十二日为叔母罗夫人五十一寿辰，寄春罗一匹，夏布四匹，燕菜一匣，洋带二根。（标点系新加，下同。）

初四日记云：

早，写纪泽信一件。……夜，接家信，澄侯一件，纪泽一件。泽儿付有新刻心经一部，字体略似褚河南西安圣教序……

十四日记云：

下半日，写纪泽信一片。

可见“微有西安圣教笔意”的“新刻心经”，是咸丰九年五月初四夜间收到的，怎么会等到咸丰十一年十月廿四日才写回信呢？而且，这回信也不是初四当天所写，因为曾国藩只在初四日早上写过信给纪泽，而早上是不可能预知晚上的事情的。初四早上所写的信，可以在台湾学生书局影印的《湘乡曾氏文献》中找到，开头即云：

余送叔父母生日礼目，鱼翅二斤太大不好带，改送洋带二根。

与初三日记正合。由此可见，告知纪泽接到“所刻心经”的，只能是十四日下半日所写的“一片”。世界书局印本却未能改正刻本日期的错误，我校点时才发现并予以改正。

但无论如何，世界书局本曾氏家书，仍然是过去排印本中比较好的一个本子。因为我利用了这个排印本的一些长处，所以虽然我书架上摆着一部光绪己卯刻本，我仍然应该说明，民国二十五年上海世界书局的排印本是我工作时所凭借的一种底本，我应该谢谢它。

（一九八九年七月）

《曾国藩往来家书全编》编者序

父亲是新学堂出身的人，学的是数学，没系统地教我读过旧书。我四岁进幼稚园，“七七”事变后辍学，十二岁才到初中寄宿，写家信只知称呼爸爸、妈妈，文言文基本上是自己胡乱找书看才看懂了一点。抗战期间，山区小县城的学校里，旧书多而新书少；只有几位从北平、南京、长沙回乡的年轻“先生”，带得有一些新的书。若是表现好时（这在我十分难得），可以向他们借来看看；平时想看杂书，便只能到图书室去找那位拿旱烟管穿长袍的老先生了。

《曾文正公家书》和《家训》，是国文先生叫我去借阅的。我不喜欢其中的反复叮咛和教训，而对于那些娓娓叙述的琐屑事情，如写字怎样发笔，棺材怎样加漆，怎样种菜种竹子，怎样造坟挖地道，倒也还觉得有趣，有点像看《红楼梦》的样子。后来教音乐的黄先生（其实是位小姐）借给我两册《鲁迅书简》，里面也有写给“母亲大人”的家书，开头的“膝下敬禀”，末了的“恭请金安”，和“曾文正”没什么不同。鲁迅说海婴“现在胖了，整天的玩，从早上到睡觉，没有休息”，也和曾国藩说甲三（曾纪泽小名）“日见肥胖，每日欢呼趋走，精神不倦”差不多。从这里我后来才悟出，人的天性其实是相同者多相异者少，当然近几十年“异化”出来一批专门在同类中找异类的人要算是例外。

先生们给我看的“家书”，给了我一些过去家庭生活的知识，如儿子给母亲寄针抵子，祖母给孙儿做外套之类，此外并没有留下什么影响。可是世变日亟，渐渐书仿佛变得不是书了，有的被当作圣经，有的则成了黑籍。我这时也被划为“黑五类”，对于圣经不免敬而远之，深怕一不小心亵渎了它，落下弥天大罪；列名黑籍的则“眼见希奇物寿增一纪”，有机会倒想仔细瞧瞧，弄明白它是怎么回事。而流光如驶，马齿加长，后来的见识总比初中生增长了些，觉得曾国藩家书中讲的虽不外“君君臣臣父父子子”那一套，跟近代化（注意是近代化而非现代化，虽然两者同为 modernization）不搭界，但毕竟是几千年传统社会最后一位典型人物的私房话。虽不必讲什么“取其精华”，总可以借以了解一点旧时士大夫的内心世界，这实在是要进一步了解中国传统文化和历史的津梁。至于我自己，则素来胸无大志，读书并不想探究微言大义，从小只对孔夫子食如何精脍如何细感兴趣，只想搞明白“长一身有半”的寝衣和欧式睡衣之异同。对于像我这样的人来说，不乏生动细致描述的“家书”，等于前人生活的实录，也颇有阅读的兴味。这便是我一九八〇年倡议新编《曾国藩大全集》（当然包括家书），一九九二年又自己动手来编这部《曾国藩往来家书全编》的主要原因。

◇

大家都知道，家书是家人之间的通信。既是通信，就必然有往有来，不会奉命进行思想教育，永远从上往下灌。而家人间的通信又与一般往来书信不同，讲的往往是私房话甚至还会夹杂些隐语密语，如曾国藩兄弟间以“苦株子”指互赠之食物，“十伢子有影子”喻事情已有希望，“顺斋排行”指湖广总督官文，“光一本家”指军机大臣胡光玉，只看一方面写出去的信，都不免费解，想必认真读过曾国藩家书的人都会有同感。

自从一八七九年（光绪五年）《曾文正公家书》出版后，一百多年来，人们都只读过曾国藩写给父母、兄弟、儿子的信，没读过父亲、兄弟、儿子写给国藩的信。这就如同只读《赐南粤王赵佗书》不读《上文帝书》，只读《与史阁部书》不读《复多尔衮书》一样，总会有一种不满足。又比如只读鲁迅写给许广平的信，若不能同时读到许广平那些先自称“受教的一个小学生”，一月后改称“小鬼”，一年后改称“YOUR H. M.”的来信，阅读兴趣亦不免打折扣，这大概也就是鲁迅要编《两地书》的缘故。

从读者着想，发表“两地书”也就是“往来通信”，恐怕是刊行书信最好的方式。湘乡曾家一直重视保存“家庭档案”，曾国荃、曾纪泽……诸人的手迹，也和曾国藩的手迹一样，在湘乡（今双峰县）荷叶塘的“曾八本堂”中妥藏了好几十年。陈浴新《足徵录》记国藩孙广钧所说，家中书楼三楹，皆先人手迹，计百馀万纸，包括其祖、父辈往来家书。湖南解放前夕，曾宝荪、约农姊弟将家书、日记原件及一部分最重要的其他文献（如李秀成供）带到台湾，一九七二年交由台北故宫博物院典藏，其中家书计一千二百馀件三千馀页。本书所收（乙）部即曾氏家人写给国藩的家书五九九件，还有（甲）部国藩亲笔家书四七三件中的四四八件，便是据这批藏品的复印件整理发表的。在这批藏品中，还有一些不牵涉国藩的通信，放在《曾国藩往来家书》中于体例不合，暂时没有编入。

有了这部《曾国藩往来家书全编》，读者在读曾国藩去信的同时，又可以读到他家人的来信；一往一来都能读到，对通信内容的理解，就会跟过去只接受单向信息时大不相同了。

（一九九七年七月）

《唐诗百家全集》编者前言

这部《唐诗百家全集》，是唐朝一百位杰出诗人全集的汇编，一人一集，共一百集。一百人只占《全唐诗》作者的百分之三，诗却占了《全唐诗》数量的百分之五十以上，囊括了唐诗绝大部分佳作名篇，也可以说是整个唐诗的主体。读唐诗者，拥有此编，无须他求矣。

全集均据善本别集，无别集者据《全唐诗》，补遗辑佚，力求其全。编次略按诗人生活时代、创作流派、师友关系划分，但并不序齿，也不拘泥传统分期。如盛唐诗人，除李杜外，即以王孟和高岑为首集纳，并将以边塞诗负盛名的中唐诗人李益缀于高岑诸人之后。其他各家，大率类此。

传世唐诗结集，编法颇不一致，《全唐诗》亦不例外。本书各集，一律按诗体重编，体例统一，检阅较易，版式整齐；次序则先近体后古体（同一体裁的诗仍依原集次序），改变了“先古后近”的陈规。编者以为，近体诗是唐诗别开的生面，是唐诗迈越汉魏六朝的特色所在，而且易于记诵，适于歌吟，也更易为现代人接受——这部《百家全集》本来就是为不满足于古人选本、不甘心亦步亦趋古人的现代读者而编的。

现代人生活得不容易，希望从诗中得到一点精神上的享受，故读诗应是美事而非苦事。《百家全集》印成合集，则行走可携，坐卧可读。必须正襟危坐着读的高文典册已经够多了，何必要李太白孟浩然们也高冠硬领呢，当然更不必往巾箱中塞辞源辞海，硬请他们兼任语文教师吧。

一九九二年春节前三日。

［说明］清朝曾有人编过一部《唐诗百名家全集》，只收中晚唐诗人的集子，且大家如元白皮陆均不收，与本书之内涵、体例、规模均不相同。

《念楼学短合集》的序记

序　一

学其短，是学把文章写得短。写得短当然不等于写得好，但即使写不好，也可以短一些，彼此省时省力，功德无量。

汉字很难写，尤其是刀刻甲骨，漆书竹简，不可能像今天用电脑写作，几分钟十几分钟就是一版。故古文最简约，少废话，这是老祖宗的一项特长，不该轻易丢掉。

我积年抄得短文若干篇，短的标准，是不超过一百个汉字，而且必须是独立成篇的。现从中选出一些，略加疏解，以飨读者。借用郑板桥的一句话：“有些好处，大家看看；如无好处，糊窗糊壁、覆瓿覆盎而已。”如今不会用废纸糊窗糊壁封坛盖碗了，就请将其往字纸桶里一丢吧。

（原系一九九一年《新闻出版报》“学其短”专栏小引）

*　　*　　*

在《念楼学短》合集即将付印的时候，我想将这五册书献给杨绛先生，作为她百岁的寿礼。杨先生的学问文章世所共知，她不慕荣利，疏远官场，却肯为拙书作序，更为铭感。谨祝她寿越期颐，松柏长青。

此书在湖南美术出版社出版，还得感谢萧沛苍、汪华、李小山、刘海珍、胡紫桂诸君的不弃。蔡皋女士为作插图，我也很谢谢她。

（二〇〇九年七月）

【附】关于《逝者如斯》

以“学其短”为名目，断断续续地写一点“念楼读”和“念楼曰”的小文，发表在各地的报刊上，开始于一九九一年八月，当时曾写过篇小引，就是前面的“序一 ”，直到今天，它仍然是我首先想要对大家说的话。

写这些小文章，说是断断续续，其实是断时多，续得少，到二〇〇五年一月止，一共只得六百来篇。今将五百三十篇编为合集，仍名《念楼学短》，分为五个分册，序文也有五篇：

第一分册——《逝者如斯》，有序一。

第二分册——《桃李不言》，有序二。

第三分册——《月下》，有序三。

第四分册——《之乎者也》，有序四。

第五分册——《毋相忘》，有序五。

各册均以册中篇名之一作为书名。每册的内容各有专属，以类相从。

这一册《逝者如斯》，所收为经（《论语》《孟子》《礼记·檀弓》）史（《左传》《国语》《战国策》）子（《庄子》《世说新语》《容斋随笔》）集（《东坡全集》《渭南文集》）的选篇。

《论语》《孟子》《礼记·檀弓》是“经”，《左传》《国语》《战国策》是“史”，《庄子》是“子”，这是无须说明的。《世说新语》收入《四库全书》“子部五十·小说家类一”，为第二种；《容斋随笔》则收入“子部二十八·杂家类二”，《提要》云“南宋说部终当以此为首”。苏轼《东坡全集》收入《四库全书》“集部七·别集类七”，为第一种；陆游《渭南文集》则收入“集部十三·别集类十三”，《提要》称其“修洁有馀”。这也便是我将《世说新语》和《容斋随笔》视为“子”，将《东坡全集》和《渭南文集》的文章当作“集”的代表的理由了。

“逝者如斯”这书名取自“论语十篇”的第二篇，乃是《论语》里头最有诗意的一句话。“序一”作于一九九一年秋，那年我刚进六十，可今年却进了七十九，快八十岁了，真不能不感叹逝者如斯，逝者如斯啊！

（二〇〇九年三月）

序　二

《学其短》几年前在北京的报纸上开专栏，陆续刊出过若干篇，那时的小引中说过："即使写不好，也可以短一些，彼此省时省力，功德无量。"这当然是有感而发。因为自己写不好文章，总嫌啰唆拖沓，既然要来"学其短"，便不能不力求其短，这样稿费单上的数位虽然也短，庶可免王婆婆裹脚布之讥焉。

此次把这个专栏续开起来，体例还是照旧，即只介绍一百字以内的篇章，而且必须是独立成篇的。也还想趁此多选些纯文学以外的文字，因为我相信，有很多人和我一样，常亲近文章，却未必敢高攀文学的。

学其短，当然是学古人的文章。但古人远矣，"代沟"隔了十几代、几十代，年轻人可能不易接近。所以便把我自己是如何理解，如何读的，用自己的话写下来。这些只是我自"学"的结果，顶多可供参考，万不敢叫别个也来"学"也。

（原系一九九九年《出版广角》月刊"学其短"专栏小引）

【附】关于《桃李不言》

本册为《念楼学短》合集的第二分册，收议论文、应用文之类文章，均是历来传诵的名篇。书名《桃李不言》，同时也是本册中第一篇（《读司马迁〈李将军列传赞〉》）的篇名。

所有《念楼学短》的小文，每篇都包含三个部分，即"学其短""念楼读"和"念楼曰"，"学其短"是古人的短文和必要的注释，“念楼读”是我对这篇古文的读法，“念楼曰”则是我的就题发挥或借题发挥。

这些小文最早于一九九一年发表在北京《新闻出版报》上，陆续有上百篇，那时写的小引，已经作为第一分册的序文了。后来由于老同学刘硕良兄的怂恿，从一九九九年起，又在他主编的《出版广角》月刊上连载了三十三期，计二百六十五篇，开头也写过一篇小引，就是前面的“序二”。

当时说“多选纯文学以外的篇章”，这一册正是这样做的。但它们首先都是好文章，如《李将军列传赞》。

古无“纯文学”之名，用现代对“纯文学”的定义来看，古代的“纯文学”大部分都是诗，当然是包括楚辞汉赋的广义的诗。至于散文，经、史、子里头也有寓言、故事的成分，可算小说的萌芽，但作为“纯文学”来创作的毕竟很少，而“文章之美”倒大都表现在各种经世致用的文字里。这恐怕是中国文学——中国文章的一大特点。

现代的好文章，也不一定限于“纯文学”。鲁迅答斯诺问五四以来最好的散文作家是谁时，举出了五个人，即周作人、林语堂、周树人、陈独秀和梁启超，这五个人的好文章，很多（甚至大部分）都不是“纯文学”。古人云，“一为文人，便无足观”，未免偏激，但用来形容作协副主席的“纵做鬼，也幸福”之类“纯文学”，也还差不多吧。

（二〇〇九年三月）

序　三

“学其短”从文体着眼，这是学人不屑为，文人不肯为的，我却乐于为之。自己没本事写长，也怕看长而论道的文章，当然是最初的原因；但过眼稍多，便觉得看文亦犹看人，身材长相毕竟不最重要，吸引力还在思想、气质和趣味上。

“学其短”选抄的古文，本是预备给自己四个外孙女儿读的。如今课孙的对象早都进大学了，而且没有一个读的文科，服务已经失去了对象。我自己对于古文今译这样的事情其实并无多少兴趣，于是便决定在旧瓶中装一点新酒。——不，酒还应该说是古人的酒，仍然一滴不漏地摆在这里；不过标明“念楼”的瓶子里，却由我装进去了不少的水，用来浇我自己胸中的垒块了，即“念楼读”尤其是“念楼曰”的文字是也。

这正像陶弘景所说的，“只可自怡悦，不堪持赠君”，借题发挥虽然不大敢，但箭在弦上不得不发时，或者也会来那么两下吧。

（原系二〇〇一年《文汇报》“念楼小抄”专栏小引）

【附】关于《月下》

这是《念楼学短》合集的第三分册，书名《月下》，乃是“读”李白《杂题一》的题目。李白原文刻在四川彭山象耳山的石壁上（据王琦注《李太白全集》卷三十），计二十二字，是历来传诵的名篇：

> 夜来月下卧醒，花影零乱，满人衿（襟）袖，疑如濯魄于冰壶也。

这是只有李白才写得出的文章，学未必学得来，我们说要来学，也只能“学其短”罢了。还是《序一》中讲过的话，“即使写不好，也可以短一些”，越是写不好越要短，不能出彩，至少可以藏拙。

本册选收的文章，和第二分册《桃李不言》各有侧重。《桃李不言》多收议论文、应用文，带有较多的实用性；本册则多收抒情文、记叙文，带有较多的文学性。

当然这区分并不是绝对的，请看“日记文九篇”之二的《清明》：

> 湘流复黄，新绿映水，饶有春意。湘兰满花，马缨红缀，杂树皆碧，鸠啼正急，正清明景物也。

当然是一则美文，描写“清明景物”有色有声，三十几个字写得“饶有春意”；但作为王闿运的一则日记——光绪壬辰（十八）年三月十三日的日记，则又是一篇应用文。同样的，第二分册里的曹操《与孙权书》：

> 近者奉辞伐罪：旌麾南指，刘琮束手。今治水军八十万众，方与将军会猎于吴。

乃是百分之百的政治军事文件，而文雄气盛，读之神旺，又难道不能称之为美文么?

（二〇〇九年四月）

序　四

“学其短”十年中先后发表于北京、南宁和上海三地报刊时，都写有小引，此次略加修改，仍依原来次序作为本书序言的第一、二、三。要说的话，历经三次都早说完，自己认为也已经说得十分清楚了。

三次在报刊上发表时，专栏的名称都叫“学其短”，这次却将书名改为“念楼学短”。因为“学其短”学的是古人的文章，不过几十百把字一篇，而“念楼读”和“念楼曰”却是我自己的文字，是我“读”古人文章的理解，然后再借题“曰”上几句，只能给想看的人看看，不能要别人来学，文责只可自负，岂敢让古人替我负责。

关于“念楼”，我曾写过一篇介绍“念楼的竹额”的文章，最后一句是这样说的：

“楼名也别无深意，因为——念楼者，即廿楼，亦即二十楼也。”

（原系二〇〇二年版一卷本序言）

*　　*　　*

以上是《念楼学短》二〇〇二年湖南美术出版社初版序言的第四节。第二、三、四节即原发表于北京、南宁和上海三地报刊的小引，此次仍作为“序一”“序二”和“序三”，分别放在第一、第二和第三分册的前面了。

《念楼学短》五百三十篇都是独立的，分为五个分册只是为了阅读的方便。反正古人和我的文章和思想都在书里头，只能请读者自己去看，无须多加叙说，但愿别将它仅仅看作古文选本或“古文今译”才好。

（二〇〇九年五月）

【附】关于《之乎者也》

这是《念楼学短》合集的第四分册。

本册“学其短”的文章全选笔记文，是从宋、元、明、清人的一十三种笔记中选录的。

人们有时习惯将笔记称为笔记小说，其实从《汉书·艺文志》起，杂家和小说家就是分开的。《四库全书》将《智囊》归于杂家，将《世说新语》归于小说家，虽然未必妥当，至少总说明笔记和小说不能合二而一。依我看，笔记无论是记述还是议论、评说，都应该纪实或者讨论实在的事物，属于“史”的性质；小说则尽可以想象和虚构，属于创作（“文”）的范围。

“学其短”只要求短，并不排斥小说家言。本册选了《阅微草堂笔记》八篇，名为笔记，有的实为纪晓岚编的故事（小说）；倒是所选《宋人小说类编》十篇中，纪实的反而占了多数。古时的语义和语境本不全同于今，纪晓岚可能还有意含混，想让读者把他编的故事认为实事，不像袁子才那样自称《子不语》，怪力乱神，真实性就基本上等于零了。所以请大家不必拘泥，只看文章短不短好不好便得。

这里顺便说一下“学其短”注释的问题，原文的出处和作者是必注的，人名、地名、年号亦尽可能加注；但若是在“念楼读”和“念楼曰”中说明更好一些，一般便不再重复出注；人名一时无法注出，又不能肯定是虚拟的，则注“未详”，希望今后能够补注，也希望读者能够指教。

书名《之乎者也》，出自《宋人小说类编》中高文虎《蓼花洲闲录》的《朱雀之门》，也就是本册“学其短”的第一篇。

（二〇〇九年五月）

序　五

《念楼学短》二〇〇二年由湖南美术出版社印行过一本，只收一百九十篇。此次将在别处出版和以后发表于报刊上的同类短文加入，均按初版的体例作了修订，以类相从编为五十二组，分成五册，合集共计五百三十篇。

抄录短文加以介绍的工作，事实上是从一九八九年八九月间开始的，说是为课孙，其实也有点学周树人当年辫子军进城后躲在绍兴县馆里抄古碑的意思。一眨眼二十年过去，我已从“望六”进而“望八”，俟河之清，人寿几何，真不禁感慨系之。

写《念楼学短》，当然是为了向古人学短。但写的时候，就题发挥或借题发挥的成分越来越多，很大一部分都成为我自己的文章了。我的文章顶多能打六十分，但意思总是诚实的，这一点却差堪自信。此五册合集，也妄想能和一九八五年出版的《走向世界》一样，至今已三版四印，保持得稍微久点的生命。《走向世界》书前有钱锺书先生一序，这次便向杨绛先生求序，希望双序珠玉交辉，以为永久的纪念。九十九岁高龄的杨绛先生身笔两健，惠然肯作，这实在是使我高兴和受到鼓舞的。

（二〇〇九年六月）

【附】关于《毋相忘》

《毋相忘》是《念楼学短》第五分册的书名，也是书中第六十五页那一篇的篇名，说的是二千年前汉代烽燧遗址出土的一封十四个字的短信，是一位署名“奉”的征人写给女子“春君”的，原件现藏台湾“中央研究院”历史语言研究所。

第五分册所收全是短信，最短的只有六个字，次短的则是钱镠的《与夫人书》：

陌上花开，可缓缓归矣。

也只有九个字，却充分表现出一个好男人的温柔，虽然这男人同时又是“一剑光寒十四州”的吴越国王。

最长的信也只有九十九字，次长的范蠡《自齐遗文种书》则是九十八个字：

> 吾闻天有四时，春生冬伐；人有盛衰，泰终必否。知进退存亡，而不失其正，惟贤人乎。蠡虽不才，明知进退；高鸟已散，良弓将藏；狡兔已尽，良犬就烹。夫越王为人，长颈鸟喙，鹰视狼步；可与共患难，而不可共处乐；可与履危，不可与安。子若不去，将害于子，明矣。

九十八个字就讲清了和“鹰视狼步”的伟大君王“不可共处乐”的道理，真可说是中国政治历史上很重要的一封短信。

范蠡和钱镠都不是文人，本来写文章也从来不是文人的专利。人们生活在社会上，要活动，要交流，要工作，也要吃、穿、爱……写文章写信是常有的事，也可说是生活的一部分。如今通讯的手段和方式日益现代化，手机短信越来越流行，《毋相忘》介绍的这一百零六篇古人的短信，不仅富于浏览的趣味，足供写作时借鉴，还可以帮助我们了解古人的生活、感情和思想，有心的读者也许还能够引起一些更深层次的思考和分析。

（二〇〇九年六月）

重印《亚东本古典小说》前言

一九九三年夏天我到北京，全国版协的同志告诉我，王子野同志希望我到他家去一趟。正好同住翠明庄的两位同行也想去看王老，于是三人同往。在史家胡同花木扶疏的小院中，子野同志对我谈到现在印古典小说的很多，但都是辗转重印，走二三十年代上海滩上一折八扣书的路子；那时候，只有亚东图书馆印小说是严肃认真的。

他说："亚东本的标点者和发稿编辑是汪原放。我在亚东的几年中，亲眼见过他做工作，一部小说要搞一年半年，校十次八次。这样的编辑，现在恐怕不多了。这套书事实上的主编则是胡适，选题、版本都是他定的，他还为每种小说写了很长的序文。比起现在当挂名主编的先生们来，胡适这种亲自动手的精神也是非常难得的。"

子野同志于是提到了我在岳麓书社印行的《三国》《红楼》，

认为印得还不错，但毕竟不如亚东本。他说："你何不把亚东本的十几种小说全部重印一下？即使不说纪念胡适，纪念一下汪原放也是可以的，他还是共产党中央的第二任出版局局长呢。"我告诉子野同志：早在一九八九年，我就离开了岳麓书社，无法管那里出书的事了；不过，这件事情，总会有出版社愿意来做的。这时，同去的一位同志表示他们愿意做这个工作，不过希望子野同志和我各写一篇序言。我说："我是不能写这个序的，亚东本早有胡适的序文了。即使是重印的前言，也只有子野同志您才能写，因为您是亚东出身的人嘛！"

子野同志听了，微微一笑道："重要的是把书印好。序言嘛，也应该写一个，说明重印亚东本的道理。还是请锺叔河同志写，写好寄我看看。不叫序，叫前言也可以。要我署个名也行，表示我支持这件事。亚东有本小说有陈独秀的序，本是汪原放请陈写，陈要汪先写一篇给他看看，看后认为写得还好，便同意以陈独秀的名义发表。陈独秀帮亚东做事从不要钱，他早就是大名人，更不会要这个名。他和胡适都是为了新文化运动，为了推广白话文，才帮亚东的。"

当天关于这件事的谈话就到此为止。第二天，我找到戴文葆同志，请他帮忙在北京找找亚东的本子。戴文葆同志乐于助人，立刻冒着大太阳徒步到朝内大街的出版社去帮我找，结果却一无所获。可见二十年来历经丧乱，连二三十年代印行的亚东版，也已成凤毛麟角，仅就文化积累来说，重印也很有必要。

回湘以后，杂务纠缠，一直没有缓过气来安排这件事。不料噩耗传来，子野同志竟突然辞世，他的嘱托已成遗言，无论如何再也不能拖着不办了。

怀着纪念子野同志的心情，最近我把胡适和汪原放关于白话小说和亚东本的记叙匆匆重读了一遍，深深感到正如子野同志所说，胡适确实是亚东本事实上的主编。

一九一五年，胡适在他的留学日记里开始提出“死文学”和“活文学”的问题，云：“吾国‘活文学’，仅有宋人语录，元人杂剧院本，章回小说，及元以来之剧本、小说而已。吾辈有志文学者，当从此处下手。”一九一六年，他又提出“文学革命”的问题，云：“文学革命，至元代而登峰造极。其时，词也，曲也，剧本也，小说也，皆第一流之文学，而皆以俚语为之。”一九一七年，他发表了著名的《文学改良刍议》，与陈独秀《文学革命论》同为五四新文化运动的宣言。《刍议》指出：“今日之文学，其足与世界第一流文学比较而无愧色者，独有白话小说（我佛山人、南亭亭长、洪都百炼生三人而已）一项。……其他学这个、学那个之诗古文家，皆无文学之价值也。”读了《刍议》的钱玄同立刻响应，写信给陈独秀说：“小说诚为文学之正宗。”一九一八年，胡适又在《建设的文学革命论》中断言：“死文言决不能产出活文学。中国若想有活文学，必须用白话，必须用国语，必须做国语的文学。”并正式举出《水浒》《西游》《红楼》和《儒林外史》四种白话小说，作为有生命、有价值的“活文学”的模范。经过胡、陈、钱等人的大力提倡，到一九一九年以后，白话文就开始取得对文言文的优势。一九二〇年，教育部以部令宣布：逐步废止用文言文编写的小学《国文教科书》，改用以白话文编写的《国语教科书》，《水浒》《西游》的片断开始成为教材。于是白话小说从不登大雅之堂的东西，一变而为“文学之正宗”，得与《诗经》《史记》、韩文、杜诗并列。

二十年代的胡适，和陈独秀一样，都不仅仅是写文章的人。他们都有广泛的社会联系，繁忙的社会活动，都懂得要凭借出版工作来推行新文化运动，亚东图书馆便是他们活动的一个阵地。胡陈二人的著译，包括影响极大的《胡适文存》《独秀文存》，都是亚东出版的。亚东的汪孟邹汪原放叔侄，跟陈独秀父子（延年、乔年）和胡适，都有很好的私交；汪原放一九二六年入党，便是陈乔年介绍的。为了开展白话文运动，胡适又积极参与了制订和推广新式标点符号的工作。一九二〇年，汪原放在亚东计划出四部“加新式标点符号和分段的”（这是当时的广告用语）小说，完全是受了胡适的影响，为了配合胡适的工作。这四部小说，也就是胡适在《建设的文学革命论》中列为“活文学模范”的四部小说。

亚东出的第一部小说是《水浒》。胡适不仅为它写了一篇三万字的《水浒传考证》（题为“考证”，实为新序），一年后再版时又写了一篇近两万字的《水浒传后考》。《水浒传考证》一开头就说：“我的朋友汪原放用新式标点符号把《水浒传》重新点读一遍，由上海亚东图书馆排印出版，这是用新标点来翻印旧书的第一次。”接下去又说：“我想《水浒传》是一部奇书，在中国文学史上占的地位，比《左传》《史记》还要重大得多。”这是对《水浒》文学价值的评价。《考证》最后一段说：“种种不同的时代发生种种不同的文学见解，也发生种种不同的文学作物——这便是我要贡献给大家的一个根本的文学观念……这叫做历史进化的文学观念。”这就不仅仅是评价《水浒》，而是通过考证《水浒》提出了一个全新的学术观点。这篇序至今仍为胡适古典文学研究的重要论文之一，它提高了当时《水浒》研究的水平，当然也提高了亚东本《水浒》的价值。

接着，胡适又为《红楼》《西游》《醒世姻缘传》等写了考证，为《三国》《儿女英雄传》《三侠五义》等写了序言。亚东本《红楼梦》原用道光壬辰刻本（程甲本）作底本，后来胡适发现程乙本比程甲本好，就建议亚东废掉已有的纸型，重新标点排印。这件事情最能说明胡适和亚东（汪原放）对重印古旧小说的严肃态度和对广大读者的负责精神。胡适自己并不居功，可是他对于亚东（汪原放）从事营业而能坚持研究的精神，却不止一次地提出来，表示赞赏。一九二七年他为新版《红楼梦》作序说：“从前汪原放先生标点《红楼梦》时，他用的是道光壬辰刻本，他不知道我藏有乾隆壬子的程伟元第二次排本。现在他决计用我的藏本做底本，重新标点排印。这件事在营业上是一大牺牲，原放这种研究的精神是我很敬爱的。”时隔三十四年，到一九六一年即他逝世前一年，胡适又说：“过去亚东图书馆的印书是不计成本的。他们有了程乙本，就全部另外排过，标点符号都要注意，校对又精。”（见《胡适之先生年谱长编初稿》

第十册）

时事有代谢，往来成古今。胡适、汪原放早已作古，王子野同志也离开了我们，他们所做的工作能否留存下来呢？是任其湮没、流失、变质，还是加以继承，努力发扬光大？我想，我们不应该忘恩负义，不能不珍重前人留下的一切值得珍重的东西，不应该只追求眼前的这个效益那个效益，不能不尽可能做一点自己真正该做的事。难道说，像胡适这样的作者和主编，像汪原放这样的校点者和编辑，像亚东图书馆这样的出版社，还有像王子野这样的文化出版工作组织者，真的都统统没有了吗？

（一九九四年九月）

《人人袖珍文库》缘起

语云，一息尚存书要读。但无论如何，读书应是乐事而非苦事。

那些顶盔贯甲如临大敌的书，那些需要正襟危坐捧着来读，或者牛不吃水强按头按着来读的书，几十年来真正把读者害苦了。还有许许多多的高头讲章、新旧八股、假大空言，读来正如木皮道人所云，甘蔗渣嚼了又嚼，有何滋味？

人生有限，书海无涯，故不能不慎择所读之书。现在是改革开放的时代，是全球文明的时代，读书的内容、方式和习惯自不能不异于昔时。现代人不能像申公豹，脸永远朝着背后，而应该面向前方，面向未来；同时为了向前，又必须先弄清自己是从何而来，现在又立足何处。《人人袖珍文库》所收的，都是古今中外名著，尤其注重那些体现了民主与科学精神，有利于人类进步事业，不悖于现代审美观念的著作。文库的选目坚持“双百”方针，不限类，不限时，不限地，不限人，只限一条，一定要是有全人类文化积累价值，不会被历史的潮流所抛弃，父亲读过儿子还会要读的书。

选定书目当然是最要紧的，但光有这还不能适应“时”少事烦的现代读者的要求。《人人袖珍文库》的特点有六个字：开本小，字体大。开本一律采用特定的四十八开本，立在书架上和小三十二开本差不多高，外出旅行时衣袋内可以装，坐着躺着随地随时可以读。字体一般用老五号字，经典和诗词或用小四号字，特大的长篇也决不用小五号以下的小字，以保护读者特别是青年读者的视力。同时排版注意疏朗美观，校对力求消灭错字，印刷尽量选用好纸，装订穿线易于翻览，保证读来悦目赏心，不致使人手酸眼痛。

总之，为了人人，是《人人袖珍文库》的惟一宗旨。我们无意在高阁或高架上和高文典册比高低，但愿能成为想从书中得一点安闲和愉悦的现代人的朋友，但愿能使朋友们（特别是青年朋友们）能通过阅读多得到一点人类文明各方面的知识。区区此意，读者鉴之。

（一九九三年三月）

《野菊文丛》的楔子

薄紫浓黄小小枝，露啼风笑总娇痴。

这两句是我在“文革”坐牢时写的，写的是儿时在篱落间所见的野菊花。诗当然不行，不过总可以说明我和野菊有过些情分。所以，一见到《野菊文丛》，这书名便引起了我的注意。

《野菊文丛》装帧纯用黑白，朴素可喜。封面上印了一段话，短短不到二百字，此于文体为创格，叫它发凡、缘起都未必合适，姑援《儒林外史》之例称之为楔子。这真是一篇很有个性的好文章，忍不住要抄录介绍如下：

野菊，古名苦薏，洋名 Chrysanthemum indicum L. 李时珍《本草纲目》：“苦薏，与菊无异，但叶薄小而多尖，花小而蕊多……气味苦辛惨烈。”全草入药，用途颇广，解毒第一，清热次之，偶用于散血，既可内服，又可外敷，鲜用最佳。入药之外，亦能采香，然不炫艳于园圃，惟展秀于郊野。花黄紫色，成簇成团，蜂蝶来寻，无分秋夏。医与文本相通，便移野菊性味作杂文名目，辑为文丛，凡六册，未敢轻言济世载道，得解颐于枕畔厕上，足矣。

出版界继这个热那个热之后，又出现了杂文热、散文热。热过一阵，会要开始冷，见机而作的人恐怕又要寻新热点了。《野菊文丛》出世，时已晚秋，但我想也不要紧。既然主要是为了药用，并不是赶花会，那么只要人间的病痛还在，药物总不会过时的。

二百字的小文并未署名，我想可能出于编辑或策划者的手笔，如此竟可算是一则绝佳的编辑应用文了。系列书、丛书请大家、名家撰序自不可少，《野菊文丛》邵燕祥的序言便是篇很妙的文章，结语云，“我们理应拥有一个有声有色的人间”，含意更是深远。但当行的编辑附加的文字，亦未尝不可为书生色，这小小的楔子便是一例。

（一九九七年十二月）

《林屋山民送米图卷子》

去年夏天，王稼句先生提到了《林屋山民送米图卷子》，说这是一九四八年北平“彩华印刷局”印的一本书。我心想，卷子不就是将书画裱成的手卷么，怎么印成了书，“林屋山民送米”又是怎么回事呢？于是写信去问，旋即收到了他请赵国忠君寄来的复印本，果然是一册书，首为胡适题签及亲笔序文，末为版权页，有字六行：

林屋山人送米图卷子
珂罗版印壹百册
保藏兼发行者：暴春霆
承印者：北平彩华印刷局
版权所有不得翻印
中华民国三十七年六月初版

民国三十七年即一九四八年，胡适的序写成于一月九日，再过十一个月零六天，他就坐飞机离开即将被共产党接管的北平，北平随后也就改称为北京了。

林屋山民送米却是发生在一八九〇年（光绪十六年庚寅）年底的事情，肇源于林屋山（太湖洞庭西山）甪头司巡检暴方子“得罪上司”被撤职。巡检为从九品，是最起码的芝麻官，其去留本不足道。但暴得罪上司是因为“遇催租蠲赈事一意庇民”；他又因廉而贫，撤职后无钱搬家，甚至无柴米做饭，所以民众都同情他，给他送柴送米。旬月之间，来送者达八十村，七八千人，太湖厅、苏州府、江苏省都为之震动。

暴方子的祖父是和著名文人俞樾（曲园）同榜的进士。他自己官虽小，却很“优礼文士”，与俞曲园关系密切，因此苏州太湖一带的文人颇为同情他，并为山民的义举所感动。明年（辛卯）春，诗画名家秦敏树（散之）画了幅《林屋山民送米图》赠他，并题了诗。俞曲园也作长歌相送，末几句云：

君官山中有年矣，止饮太湖一杯水。
不媚上官媚庶人，君之失官正坐此。
乃从官罢见人情，直道在人心不死。
……
君今归矣斯图传，披图谁不知君贤。
岂无大官解组去，投来瓦石盈其船。

此唱彼和，题咏者不少。暴方子将这些画和诗裱成一个手卷，甲午（一八九四）年带着北上，在京师和关外又请吴大澂、吴昌硕等人观题，卷子的篇幅不断加长，内容也不断丰富。第二年方子不幸病逝，其后人将此卷子视为传家之宝。宣统和民国年间，仍有名家在上面题诗。直到一九四八年，方子之孙春霆随部队到北平，带着这个卷子准备精印若干份，以利保存。胡适一见，连称："写得好，题得好，事迹更好。"当即应允为之作序。接着，张东荪、冯友兰、朱自清、黎锦熙、陈垣、俞平伯、游国恩、沈从文……都在卷子上作文作诗，徐悲鸿还补画了幅《雪篷载米图》，终于印成了这样的一册。

据了解，暴春霆交彩华印刷局印成的一百册书，只分赠给题跋诸人，并未对外发售。他本人在北平解放后即去"学习"，卷子原件和家藏所有图书，都在"无产阶级文化大革命"中付之一炬了。赵国忠君收藏的这一册，可能出自俞平伯家。究竟在本册之外，还有没有"彩华版"的《林屋山民送米图卷子》流落在民间呢？那就很难说了。

《林屋山民送米图卷子》的内容很丰富，大致可以分为三个部分：一部分是一九四八年胡适、张东荪等人的题记，最可注意；一部分主要是清光绪辛卯、甲午两年间俞曲园、秦散之等人的诗书画，也有很高的艺术价值，我则更看重其艺术以外的价值；还有一部分则是暴方子本人和林屋山民送米的材料，当然更具有艺术以外的价值，亦即是胡适称之为"中国民治生活史料"的价值。

中国的“民”，向来是“治”于人的。但“治于人”的民众，对于“治人”的政府和政府官员，也会有各种各样、或好或坏的意见，这便是民意。社会的“民治”的程度，全视民意能不能伸张，起不起作用。暴方子因廉而贫，又能“遇催租蠲赈事一意庇民”，民众就同情他。上司因其“不媚上官媚庶人”而撤他的职，民众就不同意。七八千人送米，一人送两斤即达一万几千斤，怎么吃得了，自然是有意向上司示威，也就是民意的表现。

关心国家社会的读书人，对于民意总不能漠不关心，若发而为议论，或者托诸笔墨，而能表现出不阿附取媚官方的独立的精神，这种精神便是可宝贵的士气，它是民意的体现和升华。暴方子被撤职，就有人写“夺民廉吏来何速”；林屋山民送米，就有人写“官如能造福，民岂不知恩”；到处都是贪官污吏，就有人写“寄语当今婪索辈，洞庭山下有廉泉”，都表现了峥嵘的士气。

在不停滞的社会和有信心的国度里，民意和士气总是能够伸张，对政府起到强大的监督作用的。这就是民治的社会和民治的国家的标志。而到了清朝末年，当巡检的暴方子，尽管民意支持他，士气也支持他，如果举行普选，当选肯定不成问题；但“百姓之讴歌，万不敌上官之考语”“不获乎上，则民不可得而治”，他终于还是被罢了官。可见在当时，民意和士气是不被尊重不得伸张的，国家社会的状况如何，也就可想而知了。《林屋山民送米图卷子》里张东荪先生的一段议论最为精彩：

曲园（致暴方子）函札谓今之官场无是非可言，其时距清之亡不过十余年，然即此一语已足证清之必亡矣。窃尝读史，每当革命之起，其先必有一黑暗时期，无是非，无赏罚，固不仅贪婪无能而已。……此馈米图在春霆本以表彰先人品德，而吾以为大有历史价值。即此一事，亦已足证清室之必亡。盖未有贪污横行，是非不辨，赏罚不明，而能永临民上者也。

一八九〇年的四年之后是甲午大败，又六年是庚子大乱，又十年到了辛亥，清朝就玩完了。说这一段是黑暗时期当然不错。但不管怎样，林屋山民还可以给被撤职的暴老爷送米送柴，俞曲园、秦散之他们还可以给罢官归去的方子仁兄题诗作画，暴方子本人只要不当这个鸟官，还可以抱着送米图卷子大摇大摆地进京出关，干自己想干的事。由此可见，即使在那样的黑暗时期，民意和士气虽不受尊重，不得伸张，也还是不绝如缕的。这也就是清朝虽亡而中国不亡的重要原因罢。

一九四八年胡适等人所作的诗文，各抒所见，都很精彩。如冯友兰先生写道：

近年以来，我们亲眼看见许多官吏，对于办理政治，只顾自己的考成，不管百姓的死活。而中国之大，尚没有发现一个像方子先生那样以直道忤上的廉吏。于此更可见方子先生的行为，是难能而可贵的了。

陈垣先生却写道：

《旧唐书·崔玄暐传》载辛玄驭之言，谓“儿子从宦者，有人来云贫乏不能存，此是好消息；若闻赀货充足，衣马轻肥，此是恶消息”。凡世当大乱之后，恶消息必多，然好消息亦自不少。春霆所示之图虽旧闻，亦一好消息也。

各说各话，观点并不相同，却都肯定《林屋山民送米图卷子》和暴方子事件的重要意义。这种“不一律”正是真正的民意和士气的本色，是强制“舆论一律”的专制独裁者不能接受，也不敢接受的。

我尤其喜欢朱自清先生题的那首白话诗的最后两句：

这幅图这卷诗只说了一句话，
傻心眼儿的老百姓才真公道。

可见士气本与民意相通，“傻心眼儿的老百姓”正是发议论的“士子”的道德基础，这就比曲园老人的“不媚上官媚庶人”更具现代意识，也就是在政治上更加自觉了。朱先生在诗末署云“春霆先生嘱题，朱自清，卅七年”。这是他最后写的一首新诗，对于一位诗人来说，我觉得也就可以称为他的绝笔。

但在观察的深刻上，张东荪先生文章的结尾更可称为警策。他写道：

春霆以是图遍索人题，余披览之余，感慨或与人不同。当清末季，岌岌可危，士大夫犹欲竭智荩忠，以谋挽救，顾终无济，岂非病已深入膏肓耶？则今日读此图，能不令人感慨系之。

张先生的感慨系之，生逢盛世有福了的我们应该不会再有。但感念畴昔，多思者仍不能不为一介书生之竭智荩忠忧国忧民而感动。书生本是最没用的人，却又“偏好事好出主意”——朱自清诗句，出自俞曲园致暴方子书中所云：“（知府）总嫌足下好事，又好出主意，非下僚所宜。”见胡适序文——，虽然他们的主意总是“无济”的。岂止无济，常常还要惹火烧身，或者被当成毒草诛锄掉。小官儿暴方子撤了差，幸得林屋山民送米，才不致饿坏；大教授张东荪撤了差，罪名更大，想送米的只怕也不敢登门了。

但书生也有值得羡慕的东西，就是他的意气、思想和文章。暴方子“广征”而成的这份《林屋山民送米图卷子》（包括他亲笔写呈上司的禀帖），张东荪的“未有贪污横行，是非不辨，赏罚不明，而能永临民上者也”这段议论，便都活得比他们的肉体久长。若无此一卷流传，无论如何暴方子这个人我们是不会知道的。语云，“纸墨寿于金石”，当然更寿于个人的生命。现在我来编订重印这册《林屋山民送米图卷子》，亦无非想借纸墨延长一点书生意气，就是能让它再不绝如缕些时也好。

（二〇〇二年四月）

《潇湘絮语》

笔记文未必是中国独有的文体，但是以广泛记录政治掌故、社会趣闻、文坛轶事为主要内容的“文史笔记”，似乎却是中国的特产。它的特点是首先注重史的价值，当然也应该不乏文的趣味，这就与西洋东洋主要是文学作品的笔记文（随笔文、小品文）不同了。

我是文史笔记的爱读者。知堂“野记偏多言外意”一联，常常引起我的沉思。最近高兴地收到了萧乾先生寄下的《新编文史笔记丛刊》第一辑若干种，据说第二辑又将出版，预计五年之内，可以出书百种，蔚为大观。

萧乾先生是这套笔记丛刊的主编，以中央文史馆馆长来主编这套由各省市文史馆联合编辑成书的丛刊，至为得当。现在全国文史馆员有数千人，其中不乏熟谙文史、饱尝世味的宿学耆老，他们只要还能写，还愿写，都是文史笔记最适宜的作者。

萧先生寄我的新刊笔记，我先读了湖南省文史馆编辑的《潇湘絮语》一册。因为我是湖南人，一生不离湖南，先父昌言（佩箴）先生新中国成立初期即受聘为省文史馆员（一九六六年去世得年九十），所以这是十分自然的。

《潇湘絮语》的编辑颇具匠心，二百多面不厚的一册，收笔记一百三十馀则，好就好在一个“短”字。而分门别类，却包含了“政海云波”“人物拾遗”“文坛逸事”“文教春秋”“剧艺鳞爪”“三湘揽胜”“民间习俗”“民族风情”“饮食起居”“湖湘一绝”十门，真是面面俱到，又称得上一个“杂”字。既短又杂，笔记文的特色大略可见。而此书之可读性，尤在能通过许许多多侧面和片断，反映出晚清、北洋、民国各个历史时期的时代风云。如《黄兴爱吃长沙寒菌面》一则，系据黄兴长子黄一欧所说，信而有征，且进而考证出，一九〇四年华兴会事发，黄兴从紫东园家中出逃的确切日期是十月二十四日，正是寒菌上市的时候，克强先生是在吃寒菌面时逃脱清吏搜捕的。

《潇湘絮语》的作者和文字颇多擅场，如向一学的《记符保卢之死》，杜修嗣的《马连良练气功》，吴继刚的《吴獬赠联吴佩孚》等。向一学名为霖，是我的同乡，其尊人即早期武侠小说名家平江不肖生，与先父留东同学，向与符保卢同在旧时空军服务，符之死为向所亲见。杜修嗣为湖南著名豪侠杜心武之子，杜大侠与梨园中人交谊之笃，尽人皆知。吴继刚则为临湘才子吴獬之孙。

我所喜欢的，还有《岳麓名联》一则。毛泽东重游岳麓，问及“西南云气来衡岳，日夜江声下洞庭”这首名联的来历，人皆不知，作者却能稽古钩沉，娓娓道出。《科举考生之苦乐》，把名士曾重伯、吴凤荪、魏候屏考棚吃粥故事，写得活灵活现。《诗牌》之事，报刊不止一见，而从郭嵩焘日记中引出，应是博弈史的重要资料。尤其是俞润泉君所述“马明德堂”卤锅及其先人所创“德字香干”，真是“湖湘一绝”。俞君从小好吃有名，晚年荣任文史馆员，以出味之文笔叙说有味之名物，使我这“不懂味”的人也不禁垂涎三尺矣。

（一九九二年八月）

西关古仔

有一套小书，是杨向群君寄来给我养病时看的，书名《广州西关古仔》。我不熟悉广州，更不懂广东话，粗粗一看，不知所云。迨稍事翻阅，才知西关是广州的一处地名，指旧时广州城西门和太平门外的一片地方。它北接流花湖，南滨珠江白鹅潭，西至大坦尾，东至旧城墙（即今人民路），大约相当于现在荔湾区这个范围。这处地方，旧时城墙根下是从二铺（广州人写作“甫”）、三铺直至十铺的繁华商业区，迤南是十三行、沙面等华洋交会的码头，西边有荔枝湾、泮溪诸名胜，羊城私家园林、富人别墅多建筑于此，北部和中部还有许多地方种菜种花养鱼，颇有乡村风味。这乃是一处在广州保存土风民俗最丰富，地方特色最鲜明的地方，“西关”差不多成了老广州的代表。

至于古仔，我想大约是指喜欢“讲古”的人。这书讲的是辛亥年推翻皇帝以后，“大跃进”除旧布新以前的事物，也就是一代两代人以前的东西，应该说算不得怎样古。不过今之少男少女，大概不讲便不会知道；就是我这六十多岁的人，因为少走四方，又孤陋寡闻，所以不讲也同样不知道。有人愿意来讲一讲，自然是十分欢迎的。

这套书共四本，次序为《西关武林旧事》《西关风味趣闻》《西关七十二行》《西关童谣儿戏》，均署梁达编著。编著者的文笔并不好，所记录的上述四方面的“古”却大有可观。如《七十二行》中《街头挑卖》一节，即介绍了卖白榄、卖鸡公榄、卖不倒翁、卖蛔蛔、卖捏粉公仔五行，现在除卖蛔蛔的还存在，其馀恐怕都消失了。卖白榄的叫卖云：

沙榄啵，茶滘货。
一分钱，买两个。
唔好食，咪逗货。
食落爽甜无渣啵！
食过好食呢，
再嚟（不来）就卖过啦！

所云茶滘货，是指广州近郊茶滘乡所出白榄，绿皮上带黑沙点，据说口感最好。书中详叙卖榄人“通常肩挑两箩，下铺青蕉叶，上堆白榄，另外以一个小罐装水，叫卖的时候，不时地在白榄上洒水，用以保鲜”。这些都是我这个湖南人从未见过的。

尤其有趣的是卖鸡公榄的：

> 他们用竹和纸制成一只七彩公鸡，大小依本人身材而定，腹背通空；然后将自己套在里面，用一条过肩带把彩鸡提起来，人行“鸡”亦行。所卖的榄，有甜，有咸，有辣。甜的是和顺榄，咸的是甘草榄，辣的是辣椒榄，都放在鸡腔里。一分钱买两个，味道任选。

他在卖时，先用大笛（唢呐）吹一个鸡叫，然后再喊。由于有彩鸡和大笛，对小孩的吸引力就更强了。

我颇好吃，故于《风味趣闻》一本看得最多。看后不仅对艇仔粥、白灼虾、鸡仔饼、王老吉凉茶等一一得知其来历，而且还能闻所未闻，增加些人文方面的知识。如“南乳肉”原来不是肉，而是炒花生。“取花生肉，在南乳（腐乳）酱水中先浸泡一夜，使之入味，然后风干；再取一口大铁锅，内装大粒黄砂，与花生一齐炒脆”，即可上街叫卖南乳肉了。又如“瓦罉礼云饭”，“礼云子”乃是蟛蜞（珠江三角洲小溪流中所产一种小蟹）的卵子，放在米饭中，用瓦罉（罐）一焗而成。还有“礼云黄布蛋”“礼云扒鲜笋（茭白）”“礼云扒冬菇”等西关名菜，都是用礼云子做的，据说现今也已绝迹。

第四本介绍了六十九种过去西关儿童的游戏，绝大部分游戏都伴有歌谣，一部分歌谣又出于民间的故事传说，这也是我所喜欢的。每个人都有自己的童年，我们固不必说什么不失赤子之心的大话，但也不应该做了公公就忘记了做孙子的时候。何况童戏童谣（当然得是真正的童谣，不是新编的教材）是民间礼俗的根源，欲了解研究普通城乡老百姓的生活，往往得从此入手呢。如“点虫虫”歌云：

点虫虫，虫虫飞。
飞到荔枝基（种荔枝的园地）。
荔枝熟，摘满屋。
屋满红，伴住个细蚊公（婴儿）。

这明显是广东地方的歌，而玩“猜呈沉”时所唱的：

呈沉剪，呈沉包，
呈沉糯米叉烧包。
老鼠唔食香口胶，
要食豆沙包。

虽也带广东色彩，但“呈沉、剪、包”即长沙儿童所玩“铜锤、剪刀、布”，自己六十多年前也玩过。可见各地儿童游戏，异中仍有相同之处，这也是很有意思的。

从事物原始看，书中也有一些错讹。如萨奇玛本是满语，见富察敦崇《燕京岁时记》（北京古籍出版社曾出版过）。这种满族的甜点心，民国以后才遍及各地。书中却说是西关一个卖点心老汉被骑马的官人辱骂，为了泄愤，才取了“杀其马”作点心的名字。但这种错讹也是语词流变的一种现象，特别是如果只把它当作民间故事听，则和别的故事并无不同。若于此等处胶柱鼓瑟，强作解人，则难免笨伯之讥矣。

总之，我是很喜欢这样的书的。论天下国家大事固然很好，只讲西关地方的鸡公榄、粉公仔亦未尝不可，正所谓贤者识大不贤识小，贤人还是让给别人去做吧。

（一九九七年五月）

读《胡适的日记》

见到新出版了不管是什么人的日记，总想拿了来看看，此并非由于窥视癖，更不是因为有为历史人物作鉴定的野心，不过想从中钩稽一点社会和文化的记录罢了。

中华书局出版的《胡适的日记》二八面记魏冲叔“一肚的牢骚。谈锋极好。他对于时事，极不满意，席上骂人甚多。……对于新文学运动，颇有问难，我一一答辩了，他颇满意”。去年我想写篇关于林魏合译小说的小文，想找点关于魏易的材料，仓促竟不可得，不图于此见之。

三二面记曹寅《楝亭全集·东皋草堂记》云，“予家受田亦在宝坻之西”。宝坻距北京不过百里，离南京则远达六百四十英里，证以《红楼梦》第五十三回乌庄头到贾府进年例时所说，“今年雪大，外头都是四五尺深的雪，前日忽然一暖一化，路上竟难走的很，耽搁了几日，走了一个月零两日”，推断贾府即曹家是在南京而不在北京。胡适当年考证《红楼梦》的情形，历历如在目前。

日记中个人感情的记录，也饶有兴味。二一一面记去看莎菲（陈衡哲女士的昵称，系胡适留美时好友，此时为任鸿隽夫人）云：“见着她的女儿，名荷儿。莎菲因孕后不能上课，她很觉羞愧，产后曾作一诗，辞意甚哀。莎菲婚后不久以孕辍学，确使多人失望；此后推荐女子入大学教书，自更困难了。当时我也怕此一层，故我赠他们的贺联为‘无后为大，著书最佳’八个字。”

二一五面中秋节的日记抄了一首“旧作”，恐怕也是与“莎菲”有关的：

多谢你殷勤好月，提起我过来哀怨，过来情思。
我就千思万想，直到月落天明，也甘心愿意。
怕明朝云密遮天，风狂打屋，何处能寻你。
……

二五六面又粘附了“莎菲”寄来的一首诗，题为《适之回京后三月，作此送给他》，最后两节云：

游了沧海大陆，
重还去寻那曲涧幽壑。
这三天的快乐，

当时不觉心足。
及后自思，
何时方能再续？

*

不能再续！
只有后来的追想，
像明珠一样，
永远在我们的心海里，
发出它的美丽的光亮。

这两首诗在胡陈二人的诗集中，不知是否都照原样收入，照想应该是收入了的吧。

提起中华书局，想到的总是《中华大藏经》《大唐西域记》，古气盎然。看《胡适的日记》，却如在柏林寺藏经殿内推开一扇深色窗户，不禁深深吸了一口气。

（一九八八年三月）

《沈从文别集》的装帧

在湘言湘，而言及湘省古来的文辞，很难产生旧家子弟那种优越感，因为可以搬出来炫耀的先人确实不多。屈原、贾谊、杜甫、柳宗元、辛弃疾都是外省人，而且流寓或游宦湖南的时间都很短。唐大中四年长沙刘蜕以文章及第，当时称为“破天荒”，可是现存《文泉子集》里的文章，读后还想再读的，却一篇也没有。柳子厚谓楚南少人而多石，虽带牢骚，亦近事实。

自唐以降，宋之周敦颐，明之王夫之，均称一代大儒，他们的学问非我所知，但文章不怎么样总是我的真实感觉。即以有名的《爱莲说》来说，不仅将莲花牡丹硬比君子小人未必适合，那种以教化者自居的神气更使人反感，尽管它一直被选入各种教科书。

这种情形，近代才开始发生变化。而近代湘人中，我所喜欢读的，第一个便是沈从文。沈先生现已长眠于故乡的青山绿水间，这样说已无趋附之嫌；而身后一如生前能耐寂寞的沈先生，自亦无须别人再来说好，这不过是老老实实讲出自己的心里话罢了。

沈从文的书，经过“文化大革命”，只剩下一本三十年代印的《从文自传》和一本六十年代印的《龙凤艺术》了。但改革开放以来新出的集子，由于出版社朋友的惠赠，却大都得到。因为书架已满，古今中外作家的文集，我都只能各留一部，只有两家例外，即周作人和沈从文。

在一切沈从文的集子中，我最喜欢的是岳麓书社胡颖装帧设计的《沈从文别集》，二十卷书开本采取窄型三十六开，显得秀气。封面底色为淡淡的灰褐，微带绿意，一看便使我联想到那长河流经的边城山乡的泥土，沉静而饱含生机。在底色上，疏疏朗朗的，用只比底色深一点点的色彩画几笔风景：大帮船拢的码头，树阴下的吊脚楼……画角钤盖着“黄永玉于故乡作画印记”。书名浓黑，“湘行集”“萧萧集”“月下小景”等一个个令人梦魂萦绕的名字，写得那样“苍劲中媚姿跃出”，簪花格和唐人写经笔意结为一体，原来是爱叫“沈二哥”的张充和女士的手笔。

用黄永玉的画、张充和的字来妆点沈从文的文章，其谁曰不宜，当然绝了。但这“三绝”还该再加上一绝：胡颖的装帧。

张书黄画都是不争的杰作，非胡颖所能。胡颖之成功，不在于他能画能书，而在于他能“拿来为我所用”。石非女娲所造，用石补天却成了女娲的神功。这非但不意味装帧设计借力省事，反而正好说明了装帧设计者的高明。

书之装帧，可比人之化妆。真的美人不必依赖化妆，恰当的化妆却可以更加衬托出美人的美；相反地，不恰当的化妆也可以损坏一个美人坯子，更不必说俗气女人太蓝的眼眶太红的嘴了。沈从文文章之美无论矣，胡颖的装帧却能使好文章愈显其美，亦可谓相得益彰了。

沈夫人张兆和在总序中写道："从文生前有过这样的愿望，想把自己的作品好好选一下……不在于如何豪华讲究，只要字迹清楚，款式朴素大方，看起来舒服。"胡颖可说是满足了沈从文的这个愿望，用他的装帧。

望着这二十卷《沈从文别集》，我的心里充满了感激。我感激那个给了我们这么多好文章这么多美的人，他默默地长眠在凤凰的山谷中，没有辉煌的铜像，没有高大的纪念碑，只有这套《沈从文别集》，作为湖南人对他的纪念。因此，我也要感激为这本书装帧的人，是他很好地体现了沈从文的风格，使书能"朴素大方，看起来舒服"。

（一九九三年十一月）

理雅各译《四书》

说我乐见理雅各（James Legge，一八一五年至一八九七年）英译《四书》出版，朋友也许觉得奇怪，因为我既不能读理雅各，也并不很喜欢《四书》。理雅各的译文属于十九世纪，林语堂称之为“严谨的学者风格的著作”，但也指出它“因过分依字直译而使人读来费力”，我不通英文，不过从郭筠仙王紫诠记述中略知其译事而已。

《论》《孟》《礼记》皆中国古典，数典忘祖在中国是担当不起的罪名，何况孔孟的思想言文确有其美善，即使不提倡也是不会磨灭的。和“集注”一体的《四书》却是宋儒所命名，以《四书》和“四书文”为标志的儒家之理学化，政教之齐一化，读书之功利化，未必是孔老夫子本来的主张，对汉民族的消极影响却实在太大。我读过一点五四先贤的文章，对于一九四九年以前当局者提倡读经曾经表示反对，现在也就不准备改悔了。

可是，正如我不懂音乐，也没听过柏林、维也纳演奏的交响曲，却无碍我崇拜贝多芬一样，我虽不通英文，无法翻阅二十八卷 *The Chinese Classics*，对于理雅各的工作却是尊重的。他译中国的经书，并不等于他放弃西方文化观念而“改宗”孔孟之道，当然更不同于中国儒生的“天天读”。作为牛津大学汉学讲座的首任教授，他和西方杰出的埃及学家、东方（阿拉伯）学家、原始文化学家一样，把自己整个一生献给了对不属于本国本民族人文的研究，解读和译述文献典籍便是他研究的主要内容。他二十五岁开始服务于“英华书院”，二十八岁起定居香港，垂三十年，四十三岁开始译书，又历时四十载，直至八十五岁高龄时才出齐五巨册的《中国经典》，在英国为至今无人可与之相比的巨大业绩。六十年如一日地研究一个远方外国的古籍，四十年工夫成就五本书，这是何等的精神！以精神文明自诩的今之中国读书人如我者，对此不亦当感激，而更多的则是惭愧么?

湖南出版社是我的“母社”，那里一直有我的朋友，年长于我的，和我年相若的，比我年轻得多的，都有。译文编辑室的朋友曾和我谈过他们出书的事情，我建议他们出一点外国人观察近代中国（是近代而非现代，更不是当代）的记述，尤其是专注于社会、人文的，如《黄土地上的农家》《蓝色长袍》之类，与《走向世界丛书》相表里。来谈的朋友对此也有兴趣，可是据说有人提出，应以宣传新中国的伟大成就为主，这当然最符合“对外宣传”的需要，但和我所建议的就不是一回事了。

后来，秦颖君准备出版《汉英对照中国古典名著》，老实说，最初我有过一点担心，因为我不太明白它的主要读者究竟应该是中国人还是外国人，而且既是古典名著，恐难找到合适的译者，如果要新译。不过，理雅各这本书我是一开头便赞成列题的，它在文化交流史和翻译史上的地位早已确定，不会因我读不懂而动摇，要是出别的译本，当然不如出理雅各啰。

我以为，图书出版虽然不可能不充当一块宣传阵地，但和报纸、期刊、广播、电视、剧场、歌厅等别的宣传阵地相比，总要有点不同，就是总要多一点文化气，多一点历史感。也就是说，出书不能只看时效，不能百分之百地跟着什么什么走。只要有文化历史的眼光，看准了哪些书通过了历史的筛选并将继续保持历史上的地位如理雅各译述者，即使经济效益差一点，一下子未必能多印，但每一两年印他三五本，于江河日下时显示一点中流砥柱的形象，人们谈起时能竖一下大拇指，虽不言“效”，效亦在其中矣。

（一九九四年四月）

西青散记

教六年级国文的张先生（当时的学校里不叫老师叫先生），本人是因抗战辍学回乡的大学生，家里是平江县的世家大族，故能自己掏钱石印一些文章给我们做“补充阅读教材”。第一篇是叶绍钧的《伊和他》。第二篇是郭沫若的，题目已经忘记了，只记得开头一句是：

楼外的川上江中的溪水不断地奔流。

我被指定站起来朗诵时，读成：

楼外的川上，江中的溪水，不断地奔流。

先生马上说错了，因为“川上江”不能断开，那乃是日本的一条河，在看惯了长江大河的中国人眼里不过是条小溪，所以才说“川上江中的溪水”。先生的这番教诲，至今仍未能忘。

还有篇丰子恺的《忆儿时》，是写他母亲在家里养蚕的，读来很是有味。文末引《西青散记》里一联诗，“自织藕丝衫子嫩，可怜辛苦赦春蚕”，给我的印象很是新鲜，大异于本家长辈教读的“问渠那得清如许，为有源头活水来”，一下子便记在心里了，同时也就记住了《西青散记》这个书名。

六十年前的往事，正如川上江中的溪水，不断地奔流过去了。先生教我的好文章，却一辈子也没能学得做出一句半句来。老来幸得离休，薪水不愁，可又不会钓鱼不会打麻将，更不会偷闲学少年去跳交谊舞，于是只好找点本子薄些（厚了卧读时手酸）文字浅些（深了自己看不懂）的旧书，大半是通称为笔记一类的，装装读书的样子。几年来胡乱翻过的，大概也有好几十上百种，早在心里挂了号的《西青散记》却几次拿起又放下了。因为早已对写才子佳人、仙凡遇合、奇闻异事的书失去了兴趣，想知道的只是一点普通人们生活和思想的状况，连文词佳妙与否也并不特别在意。正如老年人的舌头，早被酸咸苦辣弄得麻木，对于儿时垂涎的糖果便不会再如何思念，而宁愿嚼一枚青果，或者啜一口涩茶了。

《西青散记》里的诗词，有些的确写得不坏，但一开头就说是女仙的“乩笔”，又都那么脉脉含情，我就不禁要想，难道女仙们都是李冶、鱼玄机修成的么？从卷二出现的“双卿”，据说是个农家女，嫁给了仅能“看时宪书，强记月大小”的粗笨男人。还只有一十八岁，却能在芍药和玉兰的叶片上（！）用水粉（！）写出《浣溪纱》“暖雨无情漏几丝……”和《望江南》“人不见，寻过野桥西……”送给《散记》的作者。说什么：“妾生长山家，自分此生无福见书生，幸于《散记》中得识才子，每夜持线香望空稽首，若笼鸟之企翔凤也。”这就不仅使我肉麻，也不禁怀疑起来，难道这会是真的么？

《散记》中的佳人一出场就庆幸“于《散记》中得识才子”，这便泄露了才子的心理，也泄露了这位“双卿”和纷纷临坛的众女仙一样，很可能是才子心中想象出来的。可笑古今中外不少文人，却偏要讨论“双卿”是何方人氏，真实姓名云何，史悟冈地下有知，岂不会笑脱牙齿？我之所以提不起对《西青散记》的兴趣，除了厌见女仙和准女仙外，对于这类“研究”觉得心烦也是原因之一。其实此与《散记》本身无关，而是自己太容易迁怒了。

转念一想，自己的阅读兴趣也太偏。如果不把《西青散记》作笔记看，干脆当成一部小说，那么杜撰亦即是创作。女仙和“双卿”既是白日梦中的形象，用笔把她们写出来，而又充分发挥了自己的想象，寄托了自己的感情，便可视为十八世纪前期出现的一部个性化作品，甚至可以说是中国早期的“意识流”小说，这倒真有文学研究的价值了。可惜我于此道全未入门，不能冒充里手说什么话。

《西青散记》的文字本来没得说的，若要欣赏古典美文，其中颇有好材料，如卷一“饮饯于城南之折柳亭”一节：

负濠面野，市声已远，蒹葭杨柳，新翠蓊然，渔村田舍意也。竹兰外方池为密萍所漫，鱼唼喋响萍隙，不得见。漉沙者步水中如鹭，亭上人衔杯望之，彼则自顾其业耳。……各道客况，离家几何时，道路几何里，旅游相识几何人，老亲与稚子别至今又益几何齿；身无岁不为客，梦无夜不还家，囊中钱赠何人，笥中衣典何处；发某年白，病某年滋，视某年昏；地所历孰多，游所至孰远，名利心孰淡，倦游欲归意孰深。相告太息，酒寒忘饮。

又如写“先生之自娱也奚为最”：

迩者幼儿学步，见小鸟行啄，鸣声啁啾。引手潜近，欲执其尾。鸟欺其幼也，前跃数武，复鸣啄如故焉。凝睇久立，仍潜行执之，则扈然而飞。鸟去，则仰面嘛哰而呕呢，鸟下复然。观此以自娱也。

此种文字传统的古文中绝不可得见，晚明笔记小品中稍有之，亦无此细致，而落拓文人寂寞萧散的心情描写如画，甚难得也。

卷二写段玉函客行中听姑恶鸟：

自横山唤渡过樊川，闻姑恶声。入破庵，无僧，累砖坐佛龛前，俯首枕双膝听之。天且晚，题诗龛壁而去。姑恶者，野鸟也，似鸦而小，长颈短尾，足高，巢水旁密篆间，三月末始鸣，鸣自呼，凄急。俗言此鸟不孝妇所化，天使乏食，哀鸣见血，乃得曲蟮水虫食之。鸣常彻夜，烟雨中声尤惨也。

写人物从细小动作中具见性情，写鸣禽出自目击的印象，又特别注意鸟声在人心中引起的感受，这些都值得佩服。

又如记叙自己在田野中的经历：

八九岁，独负筐采棉，怀馃饼。邻有儿名中哥，长一岁。呼中哥为伴，坐棉下分馃饼共食之。棉内种芝麻，生绿虫，似蚕而大。拈之相恐吓，中哥作骇态，蹙额缩颈以为笑。后虽长，常采棉也。采棉日宜阴，日炙败叶，屑然而碎，粘于花。天晴，每承露采之，日中乃已。……前岁自西山归湖上，携稚儿采棉于村北。秋末阴凉，黍稷黄茂，早禾既获，晚菜始生。循田四望，远峰一青，碎云千白，蜻蜓交飞，野虫振响，平畴长阜，独树破巢，农者锄镰异业，进退俯仰，望之皆从容自得。稚儿渴，寻得馀瓜于虫叶断蔓之中，大如拳，食之生涩。土蝶飞掷，翅有声激激然，儿捕其一，旋令放去。晚归，稚儿在前，自负棉徐步随之，任意问答。遥见桑枣下夕阳满扉，老母倚门而望矣。

此种描写不知比陶渊明“晨兴理荒秽，带月荷锄归”何如，我看至少要更曲折生动一些，因而也能使人觉得更为亲切。此不仅是散文与诗的区别，时间相去一千三百多年，后来者毕竟也该有些进步罢。

看来看去，觉得上面抄的这几节，即使放在上品的笔记当中，亦堪称佳构，因为它们正是人们生活实相的若干侧面，自具情趣。而写来文情并茂，更能给人以美的享受，即张岱《陶庵梦忆》、龚炜《巢林笔谈》亦无以过之，可惜的只是太少了。但少而佳总比多而不佳好，就凭这一点，这次读《西青散记》也是值得的。

书中游览名胜的记述亦可读，虽然我觉得反不如写普通“平畴长阜”的好。至于关于女仙和“双卿”的部分，自己不能欣赏，不去欣赏也就是了。古人云，开卷有益。各取所需，不亦宜乎。

我的这个态度，在许多《西青散记》读者看来，也许正是所谓买椟还珠也不一定。但我对于这个椟确实是喜欢的，珠则让识货的人去买也好。百年心事归平淡，对人对事皆当力求宽容，于古人亦何必苛求。《西青散记》能给我这些好文章，也就很值得感激，因此又忆及六十年前先生的恩惠，真不能忘。

（二〇〇一年十一月）

《汉口竹枝词》

竹枝词（杂事诗）自纪晓岚、厉惕斋而后，多咏地方风物、土俗民情，近代更趋通俗，间或讽嘲时事，如吾长沙清末的《抢米竹枝词》、抗战初期的《文夕大火竹枝词》，都是极有价值的地方文献，可惜少人注意。近来得见《汉口竹枝词》一册，原刊于清道光庚戌（一八五〇）年，去今已一百五十年，专记市井生活，又集中于汉口一处，自然更有意思。此时的汉口，如作者自叙所云，已是“商贾麇至，百货山积，贸易之巨区也”。第二首云：

> 廿里长街八码头，陆多车轿水多舟；
> 若非江汉能容秽，渣滓倾来可断流。

足见市廛繁盛，而垃圾（渣滓）之多，亦可见城市化带来的问题。第五十四首写城中拜年：

泛友浮交讲应酬，大红名片教人丢；
不然压在泥条下，也算登门磕了头。

原注："红纸包泥块置于巷口，客至视其堂名，押名片而去，或于门缝投帖。"这确是生意场中广交朋友的情景，不似乡间走亲戚，年年都是这几家。雇人或派人把名片分送到各巷口，压在标着堂名的砖块下，也是没有邮政以前的好办法，当为汉口人所独创。第二四九首写消夜小吃：

芝麻馓子叫凄凉，巷口敲锣卖小糖；
水饺汤圆猪血担，夜深还有满街梆。

读之不禁想起儿时耳鼓中留住的市声。紧接着的二五〇、二五一两首都写菜市：

几种园蔬美又廉，芹芽迸脆荻芽鲜；
幽香配酒藜蒿梗，清气宜汤豌豆尖。

时新小菜出江东，贩子分挑日未红；
贱货有时争重价，居人只怕五更风。

此不独诗句清新有味似时蔬，连城里人每逢天气不好怕蔬菜涨价的心理也写了出来，一百五十年后的今天也还是差不多。

《汉口竹枝词》印本二百九十二首（校注本删去两首，实在可以不必），作者叶调元自叙作于道光三十年初，半年之后上帝会在广西起事，不到三年太平军就打到汉口了，这些诗可说是近代大变乱前夜城市里市民（非士大夫）风习最后的一瞥。这里再抄几首写妇女生活的：

小家妇女学豪门，睡到辰时梦始醒；
且慢梳头先过早，粑粑油饺一齐吞。（一三〇）

原注云："贫家小户日食艰难，而妇女未有不过早者。"按，至今武汉人仍称吃早点为过早。

蜀锦吴绫买上头，阔花边样爱苏州；
寻常一领绸衫子，只见花边不见绸。（一三三）

原注云："花边阔三四寸者，盘金刺绣，璀璨夺目。"阔花边大概是当时时尚，曾国藩家书嘱妇女衣服"勿大镶大缘，过于煊烂"，就是指的这个。

大方全不避生人，茗碗烟筒笑语亲；
几句寒喧通套话，舌尖透出十分春。（一三七）

原注："闺阁言谈，胜于男子。"作者不仅对汉口妇女的印象好，还在第一五二首的小注中说："本地儿童打扮可爱，女孩尤为出色，手脚端正，衣服明洁，应对跪拜，无不伶俐，良由母教之娴，匪尽天资之美。"评价极高。诗云：

衣鞋鲜洁粉脂香，解语春莺舌似簧；
此地闺人工打扮，见他儿女想他娘。

实在忍不住，一抄抄了这么多，还想讲几句关于本书校注的话。我觉得"竹枝"本是通俗的诗，文辞和典故都很普通，似不必多注，而应该尽量把当时当地的名物风俗和方言隐语这类异代异地人搞不明白的东西解释清楚。如第一三八首之注"搭壶""飘壶"，第二〇四首之注"得罗"，都是好例。但如《自叙》所注三十六条，除了"己亥"一条外，我看都可不注。其中末句"识于汉皋孙氏枕流漱石之馆"，我想知道的乃是此馆在何处，此孙氏为谁，作者和他是什么关系，注者于此都说"未详"，却对"识""汉皋""枕流漱石"大抄其辞典，未免使人感到缺憾。

不久前编《周作人文类编》，把他的文章全部读过一遍。他在《关于竹枝词》《北京的风俗诗》诸篇中反复讲到，竹枝词、杂事诗等实在是韵文的风土志，假如有人对中国人的过去与将来颇为关心，便想请他们把史学的兴趣放到低的广的方面来，读点这类东西，离开了廊庙朝廷，多注意田野坊巷的事，从事于国民生活史的研究。用他的话说："此虽是寂寞的学问，却于中国有重大的意义。"

常见学者谈传统文化人文精神头头是道，《周易》的哲学精义，孔孟的政治理想，韩愈的本位文化宣言，曾国藩如何克己复礼，都能讲上几个钟头，若问起一百五十年前汉口扫街人靠什么吃饭，坐划子过大江几个钱过小河几个钱，却瞠目不知所对。其实，研究一个时代的文化，即不能不稍微了解那个时代社会上大多数人的生活情形。盖人的欲求，总是系于其基本生活需要满足的程度，而人情的喜怒、民心的向背亦由此而决。哲人的思想可以超越当代几百年几千年，而他们对同时活着的普通人的影响却是微弱的。文化不仅仅属于哲人学者，也应该属于活着的多数人，而且更应该属于他们。我想，这就是这位章太炎学生和孟心史同事强调国民生活史的研究的原因，也就是我不敢看轻这薄薄一本竹枝词的原因吧。

（一九九五年十一月）

题记几则

《星期天抄书》小引

《图书评论》出刊前后，编辑同志多次叫我写书评。长沙是贾生深知居此则寿不得久长的卑湿之地，夏天特别闷热。退休还差几年，干私活只能在夜间，然腕膊皆汗湿，只能读书而不能作文，苦于无法应命。直到今天，才产生一点“灵感”。

今天是星期天，四个女儿回家，各做一道拿手菜。家中有了一位踝骨脱臼卧床休息的病人，饭菜必须送至床前。将“菜单”向之一一报告后问：“要哪样？”答曰：“你们莫自作主张替我挑拣，还是每样夹一筷子，让我自己来尝尝吧。”

我闻之，不觉莞尔，但随即“顿悟”了：旨哉言乎，读书亦犹是也。自己来尝尝，宁非读书之不二法门耶？即使每样只夹一筷子，亦胜于耳食满汉全席多多矣。予何人，岂有资格替别人挑拣，更不要说嚼饭哺人了。“图书评论”固难写，实亦不敢写，只有将自己挥汗夜读时感觉特别有味的东西夹一筷子出来，献给有同嗜焉的朋友们自己来尝尝吧。

《青灯》小引

叶匡政君叫我将写的回忆文章挑选出来，交由他去印作一本小书，我答应了。搜集检视之后，才发现自己这些年写的并不多，通共才有四十篇，十来万字。另外朱纯写的《关于“同人报”》，则是不能不印在一起的，便将其附在《“争鸣”与“善鸣”》之后，四十加一为四十一篇。

其实在我的经历中，值得写一写，自己也颇想写一写的材料，还是不少的，但总觉得还没到可以写的时候。四十九岁重新捉笔，工作了十来年离休，离休后十来年又过去了，却仍然还在等待这个时候。日暮途远，悠悠苍天，曷其有极！

用一个题目做文集的名称，是躲懒的法子，也是我的习惯。这四十篇中有一篇“青灯”，便将书名定为《青灯》了。

《笼中鸟集》小序

六月底到南京去了一趟，应朋友的邀约，回来后编了两本自选集，一本收写自己和写别人的散文，名《小西门集》；这一本则选收平素“遇事抒情”和“借题发挥”的随笔，名《笼中鸟集》。

《笼中鸟》和《小西门》，都是原有的篇名；以篇名作书名，仍然按老习惯。“遇事抒情”和“借题发挥”，则是“文化大革命”中加给我的罪名，三十多年后用在这里，似乎也还合适；虽然有些篇并非遇事抒情，亦未借题发挥。集子照例应该有篇序，在选出来的文章中有《自己的话》一篇，觉得可以用来充数。因有此文，序文便不必太长，有这个样子就可以了。

二〇〇八年十一月四日于长沙城北之念楼。再过几天，我就满七十八了，甚矣吾衰，该歇歇了。

《左右左》小序

董宁文君要我将近来所作小文辑为一册，检点不到三十篇，只能把以前结集时漏收的几篇加入，一依写作时间先后编次，以前写的仍放在前头。

宁文知道我以篇名作书名的习惯，建议将这一小册叫“念楼壁上”。“念楼壁上”也确是个可写的题目，但还只写得四篇，今后大概还可续作若干篇，那时再请宁文为之印行也罢，先请大家看看这五篇。

但书总得取个名字，于是便取了“左右左”。但愿它不会像“书前书后”那样，又引起第二、第三、第……回“书名雷同”来，那就真成小学生齐步走了。

末尾是《与之言集》出版以后的两次访谈记录，报刊发表后都经我看过改定，可以视为“亲供”。

人越老，想要讲的话越多，下笔却越来越蹇涩，行文也越来越简率。无可如何，只得由他。

题《题锺题》

先秦的题记，如汤之《盘铭》：“苟日新，日日新，又日新。”

唐宋的题记，如陆游之《题花间集》：“《花间集》皆唐宋五代时人作，当斯时，天下岌岌，生民救死不暇，士大夫乃流宕如此，可叹也哉！或者亦出于无聊故耶？”

明清的题记，如张岱之《自题小像》：“功名耶，落空。富贵耶，如梦。忠臣耶，怕痛。锄头耶，怕重。著书二十年，而仅堪覆瓮。之人耶，有用没用？”

都词句简单，意味深长，几个字几十个字便是一篇绝妙文章，前人之本领实不可及。再来看萧君所题之“锺题”，则相形见绌，只有惭愧。

《学其短》画本序

《学其短》初版于十五年前，是自己对古文的读后感。现在出版社从好几百篇中选出八十篇，编成这册给少年儿童看的画本，我觉得还要在前面说上两句话。

第一句话是：请别把它当成“三百千千”了。

《三字经》《百家姓》《千字文》《千家诗》等能否代表“国学”，暂且不谈；但它们无助于读古文，无助于学其短，这一点总是没有疑问的。“国学”昌明时的读书人，远如曾国藩，近如周作人，也都不是念“三百千千”学会写文章的。

第二句话是：外文也有写得短，写得精彩的。

两千多年前古罗马时，恺撒在法萨罗大战后的报捷文书，只写了三个拉丁文单字：“Veni，Vidi，Vici.（来，看，胜利！）”一九五三年诺贝尔奖得主海明威自撰碑文也只有一句：Pardon me for not getting up.（请原谅我不起身。）

《念楼随笔》代序后记

上面这篇《念楼说》，作于入住念楼不久后的二〇〇二年。《念楼随笔》的一百多篇文章，选自从《书前书后》到《人之患》十三部文集，除《书前书后》外的十二部，都成书于念楼。于是，我便将说念楼的《念楼说》，作为《念楼随笔》的代序了。

从十三部文集中选出的这一百多篇文章，都是随笔之作，都以随笔的体裁在报刊上发表过。有几篇也曾被当成序文印在书前，并被收入序跋集，但这并不妨碍其为随笔，我以为。

《嵌名联十首》题记

嵌名联将对象的名字拆开，嵌入上联和下联，例如传说为曾国藩和左宗棠（季高）二人互相嘲骂的一首：

季子太言高，与吾意见大相左；
藩臣徒误国，问他经济又何曾。

本来只是文字游戏，但亦可以有点寄托。我曾做过几首，友人要看，即依写作先后抄以付之，嵌名题词二则捎带抄在一起。望九之年，又多病痛，此时此境，也只能做做此类文字游戏了。

《给孩子读经典》序

给孩子读经典，行吗？我说，行。

胡适《四十自述》说，他五岁回乡读书，九年中从《孝经》读到《礼记》，读的全是经典。鲁迅回忆十二岁在"三味书屋"的读书声，"仁远乎哉……"是《论语》，"上九潜龙勿用"是《易经》，"厥土下上上错……"是《书经》，也是经典。

胡适和鲁迅是百年前的人。从古代到百年前，读书人家的子弟，胡适也好，鲁迅也好，曾国藩也好，《红楼梦》里的贾宝玉也好，都是从经典开始读书的，无一例外。

胡适和鲁迅，后来一个留美，一个留日；一个是提倡白话文的先驱，一个是新文化运动的主将。他们的经历证明，孩子时读经典，不仅没有妨碍，反而有助于他们的成功。

所以我说，给孩子读经典，行——只要能够用现代的观点、态度和方法，就一定能行。

《过去的大学》序四

书是有生命的，和人一样，又不一样。一样的是：生命的载体，纸张竹帛，血肉之躯，都会“年寿有时而尽”。不一样的是，人“生年不满百”，书如果一直有人读，不断有人印，却不会“身与名俱灭”，而会再生。

本书一九八二年在湖南初版，二〇〇五年在湖北再版，二〇一一年在北京三版，今年回湖南四版，三十七年后还乡了。

三十七年，二十三岁的大学毕业生也退休了，书还在印。

它真是一本值得活下来的书吗？只能等读者和时间来检验了。

二〇一九年十二月二十四日作于念楼，时年八十九岁，朱纯死十二年矣。

为王金魁题《书前书后》

此本既成尘封旧物，可读性自然很低，保存价值更不会有。但王君嗜痂之癖仍当尊重，乃遵嘱写上一句我喜欢的旧诗：

万卷纵观须具眼。

愿能共勉也。

为朱昌远题《天窗》

愿读吾书，即是吾友。昌远先生虽无缘相识，亦吾之友也，尤其感谢能改正书中错字，重印时当遵改也。

题《念楼集》赠罗丹

收到《知青笔记》后，读了一些。“清词丽句必为邻”，前四个字，用来形容正好。后三个字，我自己的，却不够格。但仍检奉一册，未必看得下去，只请留作纪念吧。

罗丹去世后，书籍遵遗嘱由同学处理，于是归于焦广君。焦君乃爱书之人，可谓得其所矣。

为王平题《送米图卷子》

百廿年的林屋山民还能够给因爱民而去官的“巡检”送米，可见那时的专制制度下，民意也还是有发表机会的，思之慨然。志此呈王平君。

题《偶然集》赠王平

“与德为邻”是向善者的话，挂在嘴上就成大话了。我之所以乐与王平为邻者，以其才也。以才为邻，奇文共赏，臭味相投，亦暮年之幸。生年不满百，长来长往者，能有几人哉，思之惘然。

甲午春日，偶见十四年前签名赠书，添写数语，以为纪念。

题《苦竹杂记》

八十年代出周作人的书，不像如今这样容易。当时岳麓书社要出，只能由我自己来当这个“责任编辑”了。

题《书前书后》重印本

此重印本也，去初版已二十二年。二十二年前，决定以“书前书后”作书名时，并无珠玉在前。二十二年间，却有六种同名的书相继问世，想起“第三个以花比美人”的故事来，正可笑也。

题《儿童杂事诗笺释》寄李南央

“儿童杂事”是人们生活的一部分，属于民俗学和名物学研究的范围，也是我素感兴趣而志有未逮的方面。我的志趣从来不是写文章，作田人当吹鼓手，出力不讨好乃是当然，愿南央勿笑也。

题《书前书后》寄张慎恒

去年就出了这么一本书，还是重印旧作，寄上请正。如果不感兴趣，尽可不看。

读书仍当多读古人书，即唐诗宋词、明清小品，也有许多容得人们在其中徜徉咏味的。浅见如此，仅供参考也。

题《中国古代文艺思潮论》

二〇一六年八月廿一日，唐致远、李中平、吴三元三君来访，出示知堂民国廿三年一月为汉译青木正儿著《中国古代文艺思潮论》所作序文，讶为初见，即决定将其补入《知堂序跋》集，托为代购译本。今日吴君将购得之复印本送来，甚可感谢。唐君复作诗相赠，更使我愧多于感矣。

题《笼中鸟集》寄何宝民

旧文一卷呈政，皆十年前作也。今益老耄怠荒，渐觉无话可说，且亦越来越不想说了。

题《小西门集》寄李致

李君三十年前愿招我去四川，我亦甚愿入蜀终老。但我在湖南“落选”后，反而决定留此不走了。因为我的态度是：自己弃职求去则可，落职后再去则不可也。虽然如此，李君好意仍然可感。今得赠书，谨以小书一册回报，彼此均已进入暮年，志一下这段未结成的文字缘，也还是有点意思的。

题中央编译社出版曾氏家书

此书一九九七年初版，名《曾国藩往来家书》。二〇一一年被人拿去中央编译出版社印行，书名被改作《锺叔河评点曾国藩家书》，极为不妥。因为我只对每封家书作了提要，并未进行什么“评点”。

此书我得编辑稿酬六万元，经手人却从出版社取得了“稿酬”二十万元。如果出版社直接找我，他们的支出便可以节约一十四万元了。

题《送米图卷子》寄淑姊

寄此是想让你看看晚清民国名家书画诗文，看看他们对官场的描写和评论；还可看看我写的序言，看看我在做什么想什么。朱纯走了十年，如果不做这些想这些，我恐怕活不到今天。个人生死匆匆，历史长河不尽，多看看过去，多想想将来，活着才会有意思一点吧。

题《题锺题》寄俞晓群

俞晓群君任职辽教社时，曾邀约撰写“载道以外的文字”，颇服其识见，以为非一般出版人可比。如能放手让其主持一出版社，再干十年八年，于图书事业必大有益。可惜这只是作为读者和作者的希望罢了，唉！赠此小书，聊为纪念。

为严晓星题《从东方到西方》

《走向世界丛书》中不乏“掌故”，惜未能摘录呈政，甚是抱歉。张季直《癸卯东游日记》为丛书百种之一，初编不及收入，故此集亦未论及，承蒙关心，十分感谢。

题《知堂谈吃》寄萧跃华

《知堂杂诗》云：“半生写文字，计数近千万……本不薄功利，亦自有誓愿。诚心期法施，一偈或及半。但得有人看，投石非所憾。饲虎恐未能，遇狼亦已惯。出入新潮中，意思终一贯。”说得很是恳切，也很悲哀。我很理解他的“誓愿”，就是要将“新潮”（德先生和赛先生）的“意思”“法施”于大众。我也“誓愿”要多编多印他的文字，“但得有人看”，便心满意足了。今以此题赠萧君，愿萧君能看也。

题自制《偶然集》复印本

《文艺湘军百家文库·散文方阵·锺叔河卷》，书名太长太累赘，总序总跋尤为我所不喜，遂将新书百册扯去序跋，改制封面曰《偶然集》，用以赠人，早罄尽矣。小谢复印成此一本，所谓“虽无老成尚有典型”者非耶？丁酉闰六月初八日志之，以为纪念。

题《儿童杂事诗笺释》寄李锐

此书附周作人手迹二种及丰子恺插图，颇可赏心悦目，藉收返老还童之效。

阅后或可付南央，让她效老莱子“手持摇咕咚”那样来一回吧。

题《五述奇》寄友人

《走向世界丛书》一百种，于中断二十五年之后，勉强完成。此种述光绪中叶随洪钧出使德国经过，详记赛金花在柏林之生活，有关苏州掌故，检奉以供闲览，尚祈指正为盼。

丁酉白露后四日寄于长沙，时年八十又七。

题《知堂谈吃》寄友人

天下作文之人多矣，难得者趣味相同、气味相投也。

题《记得青山那一边》寄顾欢一

“记得青山那一边”，七十年前之事，四十年前之句，二〇〇三年之文，十一年之书也。甚谢顾欢一君为刻印文，使戋戋小本别开生面，奉上以为纪念。

题《知堂美文选》寄戴军

得惠寄《超解论语》，封四第五行“第一是不盲从任何权威”，这确实是思想者最可贵的品质，作者和君其庶几乎！我今年八十又七，无能为也矣。甚望后来者能出更多更好的书，促进民主与科学的发展进步。

《知堂美文选》为我所编，甚可一读，拙序亦盼能予指教也。

岳麓版《蛮性的遗留》

《蛮性的遗留》和《两条腿》，都是九十多年前周作人介绍、李小峰翻译的“科学的童话”。读者在重看这两本书时，其实大可想一想，如今还有没有人翻译这样的书，还有没有人愿意写和写得出周作人这样的序文来。

题《骈文概论》

二十四年前主编《人人文库》，第一辑中选收了瞿兑之这本小书，在“编者前言”中讲明了选收的理由。此次重读，觉得也讲不出更多的道理来，可见当时做“编者”还是比较认真的。

题《西青散记》

《西青散记》中的乩仙和才女，都是文人的白日梦，占的篇幅太多，难免使人肉麻。然除此以外，其文字固不恶，写景状物亦能细致入微，于文言笔记中实属不可多得。

台湾影印民国版书，文言文只断句不加新式标点，比起简体横排胡乱分段标点的来，恐怕还要少贻误读者一点。

题《一片二片三四片》寄冯学惠

学惠先生为医学专家而通文史，相识二十余年，为余书友，亦文字之交也。去岁又逢丁酉，诸事多不顺遂，辑此选本，亦因故迁延，今始印成，寄请指教。选本均系旧文，炒现饭甚无味，唯拙作各种版本全部留有彩照，或可视为一项形象的资料乎？正所谓敝帚自珍，只足供高明一哂耳。

题《儿童杂事诗笺释》寄黄松

奉上拙作笺释一册，内容较中华版有所增加，当然仍旧不堪尘览，但附录知堂写本二种，一系一九五〇年最初付印本，一系一九六六年最后改定本，或可一观耳。

题《念楼随笔》寄萧君

重经丁酉，已入暮年，愈加疏懒。萧君却“小车不倒只管推”，仍寄书来令题记，甚以为苦。但转念一想，他这也是在督促我“一息尚存笔莫停”罢。于是仍写上几句，希望他也要努力，把想写的书早点写出来，能让我在告别人生前读到，那就好了。

题《念楼随笔》寄胡竹峰

魏文云，“文章经国之大业，不朽之盛事”；其实文章何能经国，亦极难不朽也。写了几百篇，得有一二篇能在一二人心中引起一点感兴，便很是不错了。即此种福分，我辈恐亦难得一享也。

为戴新伟题《周作人文选》

欲言现代文化（不单单是文学），自不能不读周作人；欲读周作人，自不能不通览其著译。但若只求欣赏，则此四卷拙编，亦可差强人意了。新伟君是识者，当不斥此言为谬妄也。

题《蛛窗述闻》寄曾雪梅

抗战胜利时我十四岁，在乡下念初中。第二年暑假准备转学回长沙，仍滞留乡下时在大姊没用完的笔记本上，写下了这些东西。它是幼稚的习作，当然没有什么出版的价值，朋友们却拿去印了出来，作为一种纪念。蒙寄诗笺，无以为报，奉上请收。

再题自制《偶然集》

此书封面系王君为我换作，时在二〇〇〇年，当即以一册相赠，落款署“新千年”。今日已是二〇二〇年元旦，时隔二十年，正我与王君在年龄上的差距。再过二十年，王君则已龙钟似我，再翻此书，不知当作何感想也。

题民国旧本《作文与修辞》

己亥七月托王平君自旧书网购得，为重加封面。犹忆八十年前，父亲曾购此书新本畀我，诏曰：“你的作文，其实还可以写得更好一点吧。”如今我已届父亲弃养之年，作文却仍未能“写得更好一点”，思之疚心，实难报父恩也。

记忆中书的封面为绿色，此民国廿四年五月第三版则灰白色，或前者为初版乎？

题张謇《东游日记》

张季直于清季维新人物中，以倡办实业著名；然《东游日记》之言曰，“图存救亡舍教育无由，非广兴实业，何所取资以为挹注”，是所重尤在教育也。《纪行诗二十五首》之七云：“爱国先教稚子歌，画沙亦解认山河。生憎卅载中朝使，浪赞挥金铁甲多。”其见识已侪郭筠仙之颂巴力门、黄公度之倡民选制，超越坚船利炮之说远矣。严晓星先生珍重乡邦文献，寄来此册索题，为略志所感如上。

庚子岁首志于长沙城北之念楼，时年八十九岁矣。

为严晓星题

彭小莲写作《编辑锺叔河——纸上的纪录片》时已重病，书未成已去世。最后她对汪剑说，希望我在核对访谈记录时不要改动她的语气和文字。故书中颇多过誉，使我生惭。严君购得此书，寄令题记，我觉得首先应该说明这一点。

看得出，彭是带着强烈的感情写作的。这感情当然不是对某个人的感情，而是对于“他们的岁月”的感情。这“他们”

既包括他父亲彭柏山，也包括所有异己的或被认为异己的知识人，恐怕还包括了彭小莲她自己。逝者已矣，生者何堪啊！

小莲走后，汪剑等友人为她造墓，叫我为题墓碣，仓促写了十句五十个字，抄奉严君留作纪念吧。

编后记

朱航满

为黄山书社策划“松下文丛”之时，我就有为锺叔河先生编选一册文集的想法。恰好读夏春锦兄整理的《锺叔河书信初集》，其中有北京谭宗远编选过一册《念楼话书》的记述。此书因故未能出版，其中的内容，也多收入后来出版的《念楼序跋》之中。但我以为，谭先生编选的这册《念楼话书》，书名极好。一来，锺先生虽然出版文集甚多，但未有一册专门“话书”的集子，而锺先生自述他十七八岁做职业编辑，可以说，是与书打了一辈子的交道；二来，锺先生倾慕知堂文章，他编选的《知堂书话》，影响甚大，若此，也算一种呼应。但我不确定锺先生是否还愿意重新出版这样一册集子，他多次在文章中写道，自己的文字已经反复编选，炒冷饭就没有太大意思了。在有这个念头之前，我已将锺先生出版的数十种文集全部购来，逐一读过，甚为敬佩，认为再编锺先生一册文集，乃是大有必要。近年来，我在编书和写作中，极力倡导中国文章应有古朴清明之气象，即文章质朴，思想清明，郁郁乎文哉，锺先生的文章乃是最有代表之一种。我来策划“松下文丛”，也便是把这种古朴清明的文章风格作为标准，《念楼话书》岂能不编选乎？

编选《念楼话书》的想法定下后，先请与锺先生交往多的朋友询问意见，然后才与锺先生进行沟通。此事原本想来比较困难，但做起来，却简单了不少。查平日纪事，有关《念楼话书》的情况，如下：“2月18日，上午，王平来信息，‘锺先生同意你们编《念楼话书》’。”“4月16日，上午，锺叔河先生来电，告知《念楼话书》因是多年前谭先生编选，自己已经忘记目录了。我告诉他，谭先生和《芳草地》编辑拟补充完善，他说那就好，因我对其文章比较熟悉，发稿前由我看一遍，他就不再看了。”“5月2日，放假第三天。与编辑联系，拟由我来编《念楼话书》，分‘书人书事’‘关于《走向世界丛书》’‘关于周作人’‘谈书一束’四辑，这样编会很有意思，其中‘书人书事’，可以谈锺先生买书、读书、出书以及与他相识相知的友人；‘谈书一束’这一辑，谈他编的书以及他所读的一些书，着重书评之类。”“5月3日，放假第四天。早起到中午，将锺先生的书翻读一过，重新编选了目录，为所编文章查对了时间，找到一份《念楼话书》的‘小引’，可用来作为序言。拟在第一辑‘书人书事’里加一篇《念楼自述》，第二辑‘关于《走向世界丛书》’，加几篇关于此《丛书》的访谈；第三辑‘关于周作人的书’，加‘致谷林书信选’；第四辑‘谈书一束’，加锺先生题跋一组。这样编出来的书，才好看。”

此后，我又请锺先生对我的编选过目，并请其再写一段补记。“5月6日，上午，给锺先生写信，连同《念楼话书》的目录文件一并用快递寄给他。”“5月11日，下午，把《念楼话书》的目录发给编辑。我把编选的想法给她说了，主要是通过一本书了解锺先生的编辑历程和心路，她表示期待……下班时，接到锺先生来电，告知已为原来的《念楼话书》所写‘小引’补了几十个字，随后寄我，收到后请给他电话。写好编后记，也给他看看。我说稿子校样编好了，会给他看，他说是我的作品，年龄大了，就不看了。”“5 月 13 日，晚，收到锺叔河先生快递信件。”以上日志摘录，对我这个读书槛外人来说，乃是幸运的。在编选这本《念楼话书》之前，我与锺先生有过交往，并不算深，但我们都算是知堂文章的爱好者。去年我逐一读过锺先生文集后，曾写过一篇念楼文集品藻的长文，后收录在文集《雨窗书话》之中，锺先生读后，认为我对他的文章还算了解，故而愿意放手让我来编。

中秋过后，着手来写编后记。辑一“书人书事”，收锺先生文章 17 篇，这是与以往“书话”集子所不同的地方，乃是主要谈锺先生与书有关的记述，也是此书最为好看的一章。此中文章，谈买书、读书、印书，如《卖书人和读书人》《油印的回忆》《学〈诗〉的经过》《买旧书》《依然有味是青灯》《水浒葉子的往事》；另一部分则是怀人文章，但也多与书相关，或是对他编书写书多有关怀的前辈，或是多年相交的友人，或是相敬如宾的伴侣，均是文情俱胜的佳作，其中尤以《记得青山那一边》《润泉纪念》《〈青灯集〉自序——纪念朱纯》三篇，读后令人低徊。

辑二“‘走向世界’及其他”。锺先生与书相关的事情，最重要的，莫过于策划并编选《走向世界丛书》，此举从 20 世纪 70 年代末着手，前后十余年，成书百余册，并由《走向世界丛书》，写作系列论说和介绍，故而从原拟定的“关于《走向世界丛书》”，改定为“‘走向世界’及其他”。此辑除收集《走向世界丛书》序言以及其他编写前言多篇，还收录了相关文章三篇，其一是《柏林寺访书》，谈锺先生为编选《走向世界丛书》中的一部书稿，特到京城访书的纪事，乃是这套丛书问世的前传；其二是《记钱先生作序事》和《钱锺书和我的书》，系这套丛书的一段佳话，也是后续的影响；还收两篇锺先生的答记者问，可谓对这套丛书的“编者自述”，也有意义。锺先生编选《走向世界丛书》，乃是在忧患中的书生自觉。他在《〈走向世界丛书〉总序》中写道：“一个国家和民族从古代走到现代的历史，往往也就是它的人民打开眼界和走向世界的历史。”在 1985 年 12 月与《香港书展特刊》记者《谈〈走向世界丛书〉》一文中，锺先生特别谈道：“当改革和开放已经被确定为国策但还在不断受到干扰和怀疑的今天，回看第一代‘走向世界’的知识分子们所走过的道路，至少可以起到一点帮助打开门窗而又防止伤风感冒的作用吧。”

锺先生编选的《走向世界丛书》，倡导中国走向世界，融入世界。更为可贵的是，他的这种行动，是在四十多年前的那个乍暖还寒的特殊时期，意义尤其不凡。在 2008 年回答《新京报》记者提问时，他这样谈道：“‘文革’使中国脱离了世界文明的正轨，走上了错路。而其所以如此，所有中国人尤其是中国的知识分子，包括我们自己，这几十年来的作为或不作为，也是有责任的，我们实际上是被自己关起来了。”又说：“中国的问题，不是哪一个人受屈不受屈，受的待遇公正不公正的问题，归根结蒂是一个要不要走向世界、能不能走向世界的问题。走向世界，不是说我们要过外国人的生活，买奔驰、林肯牌轿车，而是要走向全球文明。”锺先生还说：“我编的这套书，是十九世纪末的人写的，到现在一百多年了。”“至今还有人看，说明一百多年前的人对西方世界的观察至今还有意义，一百多年前开始的过程还没有完成。我们说还没有完成，好像是讲缺点，其实不是的。不是我们不爱中国，而是爱得很，爱得很才会希望他快点进步。我们提倡爱国，就首先要努力使中国更文明、更进步，使中国更可爱。”他还说：“我觉得我们的明天应该是北京奥运口号所讲的 One World，也就是真正走向世界，共享全球文明。”

辑三为“周作人的书”。此辑收文十八篇，主要系锺先生为他和友朋所编周作人著作所写的序言，另收《给周作人写信》《念楼的竹额》《难忘结缘豆》三篇，谈锺先生读周氏文章、与周氏交往等文章。又收《致谷林书信（选七）》，乃是他写给谷林的书信选录，其中所谈的也都是与编选周氏文集有关的文章，这些文章充满温情。尤其是与谷林书信，可谓惺惺相惜，乃是如谷林所谈，“知己自在万人丛中也”。锺先生在 20 世纪 80 年代初，成规模成体系地编选周作人文集，是有开思想新风之功的。其间冷暖，如鱼之饮水。他曾多次谈到对周氏文章的喜爱，但亦多次表示，他对周氏的事功无力评价，只是做一些编书的事情。然而，我读他的这系列文章，则是发觉多有月旦，尤以在被打成右派后，他在街头拉板车，又买纸写信给周氏，其中便有一段特别的评价："我一直以为，先生文章的真价值，首先在于它们所反映出来的一种态度，乃是上下数千年中国读书人最难得的态度，那就是诚实的态度——对自己，对别人，对艺术，对人生，对自己和别的国家，对全人类的今天和未来，都能够诚实地，冷静地，然而又是十分积极地去看，去讲，去想，去写。"

锺先生曾在给我的回信中写道："对周作人文章的喜爱，才去编他写他。"几十年来，他编选周氏文集，可谓百折不挠，也是成绩颇丰。除去早年岳麓社的《周作人自编集》外，凭借一人之力，编选《周作人散文全集》十四卷，可谓功德善举。此外，他还编选《周作人文类编》十卷本、《周作人文选》四卷本以及《知堂书话》《知堂序跋》《知堂题记》《知堂谈吃》《周作人美文》等各类选本，又特别为周作人的《儿童杂事诗》作笺注，成一册《儿童杂事诗图笺释》。锺先生虽自言"只能辑其文，不能论其人"，但他对周氏文章的编选，本身就是一种评价。他在序跋中又多作点滴评说，有两处甚佳。其一系在《知堂序跋》的序言中，锺先生写道："他在中国学海军，在外国学建筑，而于学无所不窥：魏晋六朝，晚明近世，妖术魔教，图腾太步，释典儒经，性的心理，印度日本，希腊罗马，家训论衡，狂言笑话，无不从人类文化学的宏观，以中外文化比较的方法，来研究中国传统的思想，妙言要道，鞭辟向里。”在给《亦报随笔》作的序言中，他对周氏晚年的这些文章，也是充满欣赏，乃评价是“要言不烦，又疏密有致，给人留下思索和咏味的余地”，又说，“这类小文继承了中国历代笔记文的传统，同时又吸取了欧洲十八世纪随笔文（essay）的特色”，“和启蒙时期报章杂说的某种风格是一脉相承的”。这些都是很有见地的。

辑四为“谈书一束”。此辑收录锺先生编选《曾国藩家书》《念楼学短合集》《唐诗百家全集》《林屋山民送米图卷子》《过去的大学》等书的相关文字，又录他读书谈书的相关文字。诸如《潇湘絮语》《汉口竹枝词》《西青散记》《读〈胡适的日记〉》《理雅各译〈四书〉》《西关古仔》等，这些谈书文字，涉及风俗、笔记、日记、宗教、地理等，可谓杂学，而这些文字的做法，也可见他对“夜读抄”文体的承袭。《〈沈从文别集〉的装帧》一文是锺先生不多见谈书之装帧的，“书之装帧，可比人之化妆。真的美人不必依赖化妆，恰当的化妆却可以更加衬托出美人的美；相反地，不恰当的化妆也可以损坏一个美人胚子，更不必说俗气女人太蓝的眼眶太红的嘴了”。锺先生策划出版著作，多有一种朴素而淡雅的滋味，尤其是他编选的诸多周氏散文集子，无论装帧，还是版式，最能契合周氏文章的神貌。这是对周氏文章有很深体味的结果，也是锺先生编辑的一个重要特色，却是少有人关注的地方。此辑还收录一组《题记几则》，则是对友人的赠书题跋或索题所录，也都是隽永有味的。这些题记，也是一种特别的“话书”文字，其中不少，都是对他自己集子的题记，包括《青灯》《笼中鸟集》《左右左》《题锺题》《念楼随笔》《念楼集》《书前书后》《偶然集》《天窗》《小西门集》等，可补本书未选与之相关文字的遗憾。

锺叔河先生一生经历坎坷，所幸与书为伴，成果多玉汝于困苦之中。与周作人结缘，乃是长沙街头拉车的惶惶然之际，而酝酿《走向世界丛书》，则是在九年牢狱的斗室之中。《学其短》系列文字，成于20世纪80年代末期，“说是为课孙，其实也有点学周树人当年辫子军进城后躲在绍兴县馆里抄古碑的意思”。《儿童杂事诗笺释》成书于20世纪90年代起步之际，也是同样心境。这种心境，很长一段时间都充盈其间，故而有时未免有所流露。在1988年9月20日给谷林的书信中，便有这样一段话：“在湖南，当右派、坐牢时无论矣，七九年以来，算是改革开放了，而始终不能摆脱寂寞之感，有时甚至有一种独行深山时那种无端的恐惧，往往随即转为烦躁：难道老是这个样子么？”此时的锺先生，已从岳麓书社总编辑岗位“落马”，计划中的数种丛书，无从继续，困难重重，心境可想而知。但我甚为佩服他执拗的信念，正如他在《左右左》中对自己编书写作的回顾，以及为此所付出的努力，“现在的政治和文化还不完美，不是一种理想状态，我要使读者尽量认识到这一点。我的力量很微弱，能做的事情很少，但做总比不做好”。

2022年9月25日，北京